U0528868

THE ART

OF

NOT BREATHING

淡入水中的思念

[英]莎拉·亚历山大 著
徐婷 译

THE ART OF NOT BREATHING
by Sarah Alexander
Copyright © 2016 by Sarah Alexander
Simplified Chinese edition copyright:
2018 Beijing Alpha Books Co., Inc.
All rights reserved including the rights of reproduction in whole or in part of any form.

版贸核渝字（2016）第125号
图书在版编目（CIP）数据

淡入水中的思念 /（英）莎拉·亚历山大（Sarah Alexander）著；徐婷译. -- 重庆：重庆出版社，2018.2
书名原文：THE ART OF NOT BREATHING
ISBN 978-7-229-12603-2

Ⅰ. ①淡… Ⅱ. ①莎… ②徐… Ⅲ. ①长篇小说—英国—现代 Ⅳ. ①I561.45

中国版本图书馆CIP数据核字（2017）第213123号

淡入水中的思念
DANRUSHUIZHONGDESINIAN
〔英〕莎拉·亚历山大 著
徐婷 译

策　　　划：华章同人
出版监制： 伍　志　徐宪江
策划编辑： 于　然
责任编辑： 张慧哲
责任印制： 杨　宁
营销编辑： 张　宁　初　晨
装帧设计： 观止堂_未氓

重庆出版集团
重庆出版社 出版
（重庆市南岸区南滨路162号1幢）
投稿邮箱：bjhztr@vip.163.com
三河市宏盛印务有限公司　印刷
重庆出版集团图书发行有限公司　发行
邮购电话：010-85869375/76/77转810

重庆出版社天猫旗舰店
cqcbs.tmall.com

全国新华书店经销

开本：880mm×1230mm　1/32　印张：8.75　字数：209千
2018年2月第1版　2018年2月第1次印刷
定价：39.80元

如有印装质量问题，请致电023-61520678

版权所有，侵权必究

无论在大海中遗失了什么（一个你或一个我），
我们找回的总是自己。
————E.E. 卡明斯[1]

---

[1] 美国著名诗人。

目　录

第一部 ·· 1

艾希：龙虾为什么会变红？

艾迪：我不知道。

艾希：因为大海撒尿了。

第二部 ·· 67

科林：猜海浪对海浪说了什么？

西莉亚：我不知道，海浪对海浪说了什么？

科林：什么都没说。它只是挥了挥手。

第三部 ·· 131

艾迪：海藻被困在海底的时候他们会说什么？

艾希：我不知道。

艾迪：海带！救命！

艾希：真好笑，艾迪。这是你的最佳笑话。

第四部 ·· 205

艾迪：再讲一个吧，然后我就去睡觉。

迪伦：我想不出更多的了。

艾迪：求求你了。

迪伦：艾迪，我全讲完了。

第五部 ·· 241

西莉亚：什么鱼死后会去天堂？

艾迪：天使鱼！不过我不信有天使。

西莉亚：天使鱼不是天使。但它们比天使更美，比天上的一切都更明亮。

艾迪：比最亮的星星还亮吗？

西莉亚：比所有最亮的星星加起来还要亮。你只要跟着天使鱼就永远不迷路。

第一部

艾希：龙虾为什么会变红？
艾迪：我不知道。
艾希：因为大海撒尿了。

1

我最讨厌父亲的一点是,他讨厌我。

他有很多理由讨厌我。

不过我们都对那些讳莫如深。

父亲的眼眸是冰冷的浅蓝色,上一秒可以充满厌恶,下一秒却会哀伤地让人同情。我无法忍受怜悯他的感觉。每当我看着他,喉咙里就感觉好像有蛆虫在扭动。要克服这种令人作呕的瘙痒,唯一的办法是屏住呼吸,拼命将其往下咽,直到快要昏厥。最好的办法是不看他的脸或眼睛,更好的办法是压根不要看他。

幸运的是他几乎不怎么在家。他要么在外面跑步,让镇上的女人们对着他雕塑般的明星下巴发花痴,要么就待在因弗内斯他上班的银行里,或者在苏格兰到处出差放贷款。不要误解,他并不热爱自己的工作,相反,他总是发牢骚,抱怨他的客户们只关心自己拥有多少汽车和电视机,却对世界各地正在发生的可怕的战争和自然灾害无动于衷。"黑岛的雨季没那么可怕,"他总是说,"想想那些年年都要发大水的偏远小村庄,那里的人能怎么办?"或者,"有些国家,每天都有成千上万的人因为被蚊子叮了而死掉。"蚊子多的季节,我如果抱怨被叮了,他就会喋喋不休地念叨这句话。(蚊子爱吸我的血。)

我妈妈对他说:"等你发现怎么治疟疾,一定要通知我们。不过现在你儿子就要考试了,他需要抓紧时间看书。还有,你女儿的校服又嫌小了。"我真希望她不要用我的体重问题来引起他的注意。她为什么不提煤气欠费或者我房间返潮需要处理?

在父亲的床头柜里放着一本被墨水笔涂满的地图册。蓝色的点是他去过的地方,红色的点则是他的梦想目的地。地图上的澳大利亚被涂了一个大大的红点,涂得太用力了,红墨水印到了下一页的地图上——太平洋的中间。其实他二十岁的时候差一点就去了澳大利亚,那时他在游轮上当吉他歌手。我们这些孩子还小的时候,他会给我们讲睡前故事,讲他旅途中的故事,他的声音像融化的巧克力一样轻柔。雅加达港口的故事是他最喜欢讲的:那天,天气闷热、雷声滚滚,他乘的船正要离开港口,下一站就是澳大利亚。恰巧那时他接到一个电话,通知他我的大哥——迪伦出生了。他说:"我太惊喜了,差点从船上掉下去,不过后来是我自己跳下船游回岸上的。"

妈妈说那不是真的,又说他其实想留在船上。我常常想,如果他当时留在船上,又或者他真的是高兴地滚下船去的,现在他的生活会变成什么样呢?

我对父母在我出生之前的生活片段大概知道一些,大部分是外婆去世前(还有她和妈妈闹翻之前)告诉我的。我的父母在迪伦只有几个月大的时候就搬到了在麦凯伦大道的家。这是福特罗斯最便宜的房子,可能在整个黑岛也是。它便宜是因为房子的墙壁已经快塌了,而且屋后紧连着一片墓地。当时我父亲想回船上再多工作几个月,那样他们就能攒够钱搬到城里去,但妈妈无论如何都不肯放他走。她觉得他一定会一去不复返。

可他的确去努力挣钱了,去因弗内斯的各个酒吧里当驻唱歌手。但房子一直没钱修,账单也一直没有付清过。

一天,他们收到催缴欠款的最后通牒,当时妈妈正怀着孕,激动地押着父亲去了最近的银行,逼他填了银行职员的求职申请表。(这是他说的。)最后终于有一天,父亲挣够了钱,全家准备搬回城里去了。那天我们已经打包好行李,每人都分到一个写着自己名字的纸箱,里面装满各自的衣服和玩具。但突然之间,一切都变了。

我弟弟失踪了。

"我怎么能抛下他们呢?"在我们本该搬走的那天,妈妈透过卧室窗户,望着外面的那些墓碑喃喃自语,"现在我的儿子也在那里。"

严格说来,那并不是事实。他不是真的埋在那里,我们只是在那里立了一块刻着他名字的墓碑。

我们再没打开过那个属于他的纸箱。妈妈用胶带把箱子封得严严实实,确保什么都掉不出来。我有时会想起阁楼上他的旧玩具:一只叫戈登的灰色毛绒海豚,那是他在海豹馆里耍了一通赖皮后我父亲才给他买的;一架木琴;一个巴布工程师的神奇画板,上面用黑色波浪线写着他的名字——如果被擦掉他一定会哭的;还有他收集的数百根松针(是枯死的柔软的松针,因为新鲜的会扎手,现在可能已经变成堆肥了)。我试着不去想他的衣服,衣服都被叠起来打包好,一定已经受潮变得皱巴巴。那些只是让我想起,他再也穿不上那些衣服了。我想如果有一天,我的衣服都被叠了起来,努力不去想那些衣服将会变成其他人的烦心事。

2

星期日的早晨,迪伦又霸占了洗手间。水龙头哗哗地放着水,但我还是能听到呕吐的声音。他总是霸占洗手间,而且自从他有了女朋友,时间更长了。

我使劲捶洗手间的门,又用力踢了一脚。

"等一下。"他叫道。

声音含含混混,好像嘴里含着块硬糖。

"快点,迪伦!我尿急!"我大喊。

妈妈正靠在二楼的楼梯栏杆上朝楼下张望,因为我父亲就要"出差"回来了。

她问我家庭作业做完了吗,我撒谎说昨天就全做完了。她难以置信地挑了挑一边眉毛,摇了摇头。

她总是对我说,如果我不好好做家庭作业,就通不过考试,最后我会变成她这样,去当一个前台,整天无所事事地傻坐着。

"你要把考试放在心上,艾希,"她说,"迪伦的高中毕业考试肯定会得全A。"

迪伦比我大两岁，而且他从小聪明过人，把我们俩放在一起比较真的不公平。因为我得了咽炎，我的功课已经落后了一年。我只需要参加一半的考试，因为学校认为"我还需要更多时间"。迪伦也因为失声而落后了一年，但他想追赶上其他人，所以报名参加了更多的考试。他什么事都喜欢争先，而我却以垫底为荣。

迪伦终于从洗手间出来了，眼睛布满血丝。

"你刚刚在干什么？"我压低嗓音问他。

他没有理我，躲进了他的卧室。

马桶里有一块像意大利面的东西。妈妈喊了迪伦的名字，他没有答应。我用冲马桶的声音压过了他的沉默，一边转过头去照镜子。

很遗憾我没有遗传到父亲的长相。我遗传了妈妈狂野的卷发和绿色的眼眸，这些都是我无所谓的，而她娇小的身材、精致的鼻子、完美的皮肤我却一样都没有。我的脸斑斑点点，双下巴一天比一天肥。我试着减过一次肥，可妈妈总是对我吃的食物指指点点。她越这么做，我就越想吃。一想起那场面，我就觉得饿。

今天我涂了红宝石色的口红——是从超级药店[1]里偷来的，我还顺便偷了一包避孕套，准备放在迪伦的口袋里捉弄他，还有一些发胶。口红涂在嘴唇上的感觉很丝滑，很滋润，嘴上的翘皮都服帖了。我不喜欢像妈妈那样用纸巾擦掉唇膏的浮色。我喜欢把红唇印留在香烟上。

我从洗手间出来时，妈妈正坐在楼梯中间，双手托着下巴发呆。

我把手放在她肩膀上想挤出空隙下楼去，她慢慢转过身来，好像刚刚根本没注意到身后有人。

"你爸爸已经在路上了。他一回来，我们就去超市。"

---

[1] 英国知名连锁药妆零售店。

她没给我让路,我只好从她身上越过去。

无论我多么小心地打开冰箱,它总是会发出声响。

"艾希!"

"我就拿点饮料,"我喊回去,伸手拿了一瓶可乐。赶在有人进来之前,我飞快地捏了几片火腿,小心翼翼地把它们扔进嘴里,这样不会把我的口红蹭掉。妈妈老抱怨我快要把她吃破产了,太夸张了,因为食物都是父亲在付钱买。而且迪伦的食量小得像只麻雀,我只是理所当然地享用了他不吃的那份。不管怎样,家里大部分的饭都是我负责做的,多吃一点也算是对我劳动的回报。

"等着的门总不开哦,"说着我从妈妈身上跨过去。

就在那时,门口想起了钥匙声。没人抢着去开门,父亲打开门后很惊讶,发现我们都在楼梯上盯着他看。他看起来好像已经有好几天没睡了。

"我回来了。"他说,好像我们看不见他进来一样。

3

　　超市里很冷，我把两只胳膊都缩进橙色雨衣里，两只空荡荡的袖子垂在两边。迪伦跟在我的身后，手插在口袋里，和我们走在一起让他觉得丢脸。我突然很想装成僵尸。我把嘴张得大大的，翻着眼珠，跟跟跄跄地朝他走过去，一边扭动着腰，一边挥舞着空袖子往他的胳膊上抓过去。

　　迪伦抬起眉毛，慢吞吞地走到我跟前耳语道："你在干什么？你看起来是该被送去精神病院。"

　　"你真该看看你自己的样子。"我答道，把胳膊装回了袖子里。

　　"你忘了我们为什么来这儿吗？你是准备把他们气死吗？"

　　当然不可能忘记。一切都是我的错。

　　"当然没忘，"我回答，"但是僵尸不喜欢愁眉苦脸的人，如果让他看出来你不高兴，他们就会来抓你。"说着，我把眼珠往后翻，伸长舌头，发出一声逼真的僵尸吼，假装要朝他冲过去。

　　迪伦笑了。他的一边嘴角往上牵了牵，很不明显，但是他笑了。

　　爸爸拿起一些巧克力做的假手指，把妈妈吓一跳。

"他讨厌那些东西，科林！"她说，声音大得让周围的人都转过身来盯着我们看。我看向迪伦，他耸耸肩，假装在看货架后面的标签。

"好吧，不过他又用不用真的吃这些东西。"我父亲说。

"跟吃不吃没关系！"她大叫。

爸爸还是把它们扔进了购物车，妈妈哽咽起来，手指不停地扯着发梢的卷卷，像饥饿的蠕虫似的在发丝里扭来扭去。

"你为什么非要这么神经质？"

爸爸直挺挺地站在那儿，看了看四周，又看了我一眼，无奈地摇头。我不会帮他的，是他太不敏感了。妈妈猛地把几包饼干砸向他，他跳着躲开了，饼干砸到了他的脚边。零食和饼干那条通道一下子只剩下我们一家，一大群人都挤在通道的一头看热闹。我看见了两个同学，赶紧躲到一个装满了雅法蛋糕的购物车后面。我真想装成僵尸从他们面前跑过去，好吸引他们的注意力，让他们别再看爸妈的洋相。但我的脚却粘在地板上一步也动不了，太丢人了。迪伦还在认真地读标签，他装得太假了，我从这么老远都能看见标签上用大大的红字写着：暂时缺货。

妈妈已经开始扔粉红色威化了。

"西莉亚！"爸爸喊道，"我们该回家了。"

他跳着躲开砸来的威化饼干，砰的一下把推车摔在货架上，然后径直走开了。有几瓶波旁王朝威士忌从货架上掉进了购物车里。我把夹克拉链拉开一点，从上面塞了一瓶波旁王朝进去，这样正好能把它竖着藏在我的胳膊下面。然后我溜到派对用品通道，抓了一把蜡烛。是那种插在蛋糕上的细细的蜡烛，不过应该也能用。至少我们明天能用上。

等待就像听一个嘀嗒作响的定时炸弹。日子越近，嘀嗒声越响；

嘀嗒声越响,我父母就吵得越大声;我父母吵得越大声,我越想开车从我父亲身上压过去。

他们要离开超市了,我赶紧跟上他们。迪伦走到父亲的身边,当我妈妈朝他冲过去的时候,迪伦将她推开了。他总是袒护父亲,尽管他也有足够的理由讨厌他。如果迪伦考了低分,他就会一直站在他身边,督促他坐在厨房里复习。而他只会对我大声呵斥,或者禁止我外出,不过他从不逼我做家庭作业。至少对这一点,我很感激。

我们还没离开停车场,我就开始喝波旁王朝。没人说话。然后我把酒递给他们喝。

"这酒付钱了吗?"我父亲问,语气咄咄逼人。

我摇摇头。

"我的上帝啊,艾希!你想进拘留所吗?你就快把自己送进去了。超市有监控,你不知道吗?"

我当然知道有监控,因为我曾经被带进超市后面的小办公室,看过自己被录下来的镜头,那时我正在偷一包面条,试着塞到自己的屁股兜里。我不知道为什么要偷面条,只是觉得面条可能没准什么时候能用得上。

"如果担心的话,你可以掉头回去给他们付钱。"

父亲猛踩油门加速开走了,我们一到家,他就从我手里夺过那瓶酒扔到了垃圾箱里。妈妈没有像往常那样护着我。她被其他事情搞得心烦意乱。一切都是为了——明天。

4

4月11日。星期一。我的生日。复活节假期结束,今天学校又开始上课了。但今天我被豁免不用去上学。

我穿好衣服的时候天还很黑,但我不是第一个起床的,屋子里已经传来其他人起床的声音——父母卧室里的衣柜滑门打开又合上,妈妈的吹风机,我父亲的电动剃须刀。还有喷雾的声音,先喷了一下长的两下短的,停了片刻,又喷了一下短的。我听到洗手间的淋浴器启动的时候发出咕噜一声,接着水流出来,像雨声。因为水压不足那声音断断续续的。完全没有人说话的声音。我很好奇,如果我们能听到彼此的想法,那会不会很吵。那将是无法忍受的,我认为如此。

一个小时后我们才离开。外面的天色像视频在快进一样,从黑乎乎的变成了蓝灰色、紫灰色、粉灰色,最后东方大白。我拿出一面小镜子来涂我的红宝石色口红(毕竟,今天是一个特殊的日子!)。然后,我爬回被窝里,静静地等待。在镜子里,我看见自己轻声说:"艾迪。你想念我吗?我想念你!"

我父亲敲了敲门,轻轻打开一条缝。

"你准备好了吗？"

他的声音听上去，甚至有点不耐烦。一下子，我觉得胸口发紧，有点喘不上气。我点了点头，没有看他。我不想看他的眼睛。今天绝对不想。

我扔了一块益达口香糖在嘴里，这样就不用刷牙了，也不会把涂好的口红蹭掉。

迪伦正在楼下的客厅里走来走去。

"你在干什么？"

"没什么，"他说，"在等你们。"

我俩一起来回踱步，朝着各自相反的方向走，总在中间碰上，有时候擦肩而过。我的父亲则在走廊里昂首挺胸地等着，他的姿势让我感觉会有一对翅膀从他背上长出来。除了冰箱嗡嗡的响声，屋里还是一片寂静。

妈妈是最后一个出现的。在这一天，她总是穿同样的衣服：白色牛仔裤和紧身白色T恤，不穿外衣，好像到了盛夏似的。她像一个幽灵似的穿过走廊走到前门，拿起门厅桌上的钥匙交给我父亲，打开前门，把她的蓝色雨衣披在肩上。我们都上了车。大门被甩上了，门玻璃被震得嘎嘎作响。没有人跟我说"艾希，生日快乐！"。我在心里对自己说了句"生日快乐"，幻想着未来的某一天我能过一个真正的生日，收到生日贺卡和礼物，还有生日蛋糕。

5

黑岛并不是一个岛——它从因弗内斯发端,向北海延伸出去,是一个半岛。有人曾经告诉过我,黑岛得名的原因是,当整个苏格兰被大雪覆盖时,只有这里没有。它似乎有自己的气候系统,主要是由冷风、雨水和雾组成的。对了,还时常有暴风雪。仙隆里普安特[1]位于黑岛东部,向波涛汹涌的大海探得更远。有时我们就像生活在世界边缘。

车停稳了,我们一个接一个从车里爬出来,就像旅鼠翻过悬崖一样。天空是朦胧的白色,冷风把云推涌到北海上。我们在灯塔周围的卵石滩沿途前进时,补丁似的淡蓝色天空出现了几次,每次只停留几秒钟,随即便消失了。妈妈和爸爸并肩走着,亦步亦趋,就像原谅了彼此之前的"饼干冲突"。妈妈紧紧倚在爸爸身上,好像没有他她就无法走路一样。

迪伦和我跟在他们后面,迪伦搂着我的肩。我感觉到他在颤抖,我想捏紧他的手或者挽着他的胳膊,但是我没有那么做。迪伦走两步,我得快走三步才能跟上,我们就这么奇怪地磕磕碰碰地往前走着,但谁也

---

[1] 苏格兰地名,位于黑岛,当地观看海豚的著名景点。

没有想要换个姿势。他将头转向了海岸，看着戏水玩耍的海豚。它们在溅起的团团水花里欢腾，高高跃起到半空中，然后轻松地下落，划出一道优雅的弧线回到水里。看着它们总让我感觉豁然开朗。

艾迪很爱海豚。他把它们叫作"小翅膀"，尽管我能说好海豚这个词，我也把它们叫作"小翅膀"。比起海豚，我更喜欢水獭，因为它们不像海豚一样常见。水獭是神秘的生物，我从书上看到过，在水里雌水獭和雄水獭会划分各自的领地，不过有时候它们的领地会有重合的地方。迪伦和我就像水獭。我们有各自的空间——我愿意把它们看作沙滩海湾——但在我的领地和他的领地的边界上，有一小块我们可以相安无事和平共处的地带。在那儿我们不会争吵也不会假装不认识对方。不过我担心我们的和平地带正在越变越小，像被涨潮淹没了，或是越来越多的礁石把沙滩变小了。我认为水獭需要礁石来藏身。

我们从沙滩走上草堤，在这片斜坡的半中间，有一个木制的十字架立在地上。我父亲把一条白色丝带绑在十字架上——用力拉了拉以确保它绑得牢固了。应该有五条丝带，每过一年都会绑上一条新的，但我只数到四条，肯定有一条被风吹走了。父亲用手拂过十字架，掸掉碑文上的沙子和尘土。尽管我知道上面写着什么，还是忍不住去读。我的鼻子被凛冽的寒风吹得发酸，鼻水直流，在墓碑上看到自己的生日真的很奇怪。

爱德华·曼恩

2000年4月11日—2011年4月11日

今天，我们十六岁了。生日快乐，艾迪。

依旧感觉不真实。对我来说，他没有死。我的双胞胎弟弟就住在我的脑海里,已经成为我的一部分。有一天,我正在考虑是不是该来第二份塔蒂[1],他突然不知从哪儿跳出来对我说,你吃不下那么多塔蒂的,你先把盘子里的吃完!有时候,我的手和脚都感觉冷极了,但我知道那不是我冷,是艾迪冷,我会把自己严严实实裹在毯子里好让他感觉暖和些。睡前我给他喝热可可,吃吐司和马麦酱,虽然我受不了马麦酱的味道。而且我吃两人份。

上周我把我们俩裹好窝在沙发里的时候,妈妈担心地给我量了体温。

"你在发烧。"她皱着眉说。

"他很冷。"我脱口而出。

"什么?"

"我很冷。"

我逃脱了,因为很快她就被厨房里的事分了心。

我没有告诉任何人艾迪和我在一起的事。

我很擅长保守秘密。

妈妈慢慢没入草丛里,她蹲了下去,把双膝抱在胸口,头深埋在里面。我不知道她是在发抖还是在哭泣。父亲抚摸着她的后背,但眼睛却看着我,眯缝着,眼角无神地耷拉着。迪伦试图点亮一根蜡烛,最终放弃了,把它直接插在土里。我把丝带绕在自己的手指上把玩,感受着它光滑的正面,粗糙的反面,反复,直到父亲制止了我。

"艾希,求你不要那样。别瞎摆弄。"

我停住手,深呼吸,看着那个十字架。开始说我练习过的话。

"嘿,兄弟!"我大声说,"我们来玩追赶游戏吧。我打赌你追不上我!"我伸出手做出想要跟他击掌的姿势。还没等到我感觉到艾迪

---

[1] 苏格兰的一种传统食物。

拍击我的手掌，我就意识到自己又错了。妈妈已经把她的头从双膝中抬起来，嘴巴张着一脸惊骇地盯着我。父亲的眉毛上下抖动着，好像不知道该待在他脸上的什么位置。他的手臂已经向我挥来，但又迅速收回去了。他本来是要扇我一巴掌的，我确信。

"你到底在干什么？"他叫起来。

迪伦拉住了我的手，我想要记起那些话，但脑子里一片空白。

"我只是觉得他可能想要一起玩游戏。"我结结巴巴地辩解。

父亲朝着我靠过来，"你是不是没有把这件事当作严肃的事？你是磕了药还是什么？"

"我只是认为我们今天可以高兴一点。"我继续说道，虽然我清楚自己该闭嘴了。

我看着妈妈，希望她能帮我。睫毛膏顺着她的脸颊淌下来，像两条扭曲的小蛇爬向她的嘴边。父亲转向迪伦。

"她是不是磕了什么？"

迪伦摇了摇头。我希望他能为我辩护，但是他什么都没说。

"我的意思是我们应该庆祝他曾经活着。他不喜欢我们哭。"

又说错了。我说话得小心点。这很难，因为最近艾迪总和我在一起，而且他常毫无预警地出现。从几个月前外婆去世以后就这样。我想他是担心我也会消失。

"艾希，够了。"父亲说，他的眉毛现在拧成了一团。

妈妈一直沉默着。完全呆愣，眼神发直。自从外婆去世以后，她这种样子出现得越来越频繁。我试着不去想如果妈妈去世了会怎么样。

"我想记住他……"我想说"活着的时候"，但那不对，因为对我来说他一直活着。"他……是艾迪的时候。"真正的艾迪。我的双胞胎弟弟。

"我已经说过，够了。你让你妈妈很难受。这本来是该默哀的时间，我们花上几分钟来怀念他。是为了表示我们的尊重。"

妈妈微微地前后摇晃着，看着我们，不停地哭。

"我尊重他，"我说，"我不需要花上几分钟才能想起他，因为我从来没有忘记他。"

这些话脱口而出，我没有机会阻止自己。更糟糕的是，我说的不是真的。家里已经没有他的照片了，全都被放到了阁楼上。所以，我正在忘记一些事，比如：他的哪一侧头发的卷总是翘起来，或是他总是先吃盘子里的绿色食物还是红色食物。记忆在慢慢溜走。艾迪也许是对的——我们正与彼此渐行渐远。我已经十六岁了，几乎快要成年，而艾迪却永远都将是一个小小的，十一岁的孩子。

"如果你不能懂事点，那就去车里待着。"父亲说。

我强忍住跑开的冲动，我知道他们巴不得我走开。如果我不在，今天对大家来说会好过得多。但我不会走的。为什么我要让他们好过，让我自己难过？

"我要留在这儿。"我说，眼泪涌了出来。

我们坐在寂静中，除了我偶尔抽泣。

迪伦在看海豚，父亲趴在地上，努力点着蜡烛。蜡烛被点着了，但金色的火苗闪了几秒，熄灭了。一缕青烟瞬间被风吹散。

地面震动起来，我扭过头，看见海滩上有一台挖掘机正在整理鹅卵石滩。它把鹅卵石往后推，推到离海岸线更远的地方去，留出一片陡峭的斜坡。

眼前的风景突然晃动起来，变得模糊，地面不停地往我面前拉近放大，我必须抓住地上的草来保持平衡。耳朵里隆隆作响，我看见图像碎片：白色的泡沫海水；远处有一件橘色荧光夹克；妈妈倚在一个警察的肩膀上；父亲正向我跑来——棕色的鞋子在石头上打着滑。然后，父亲消失了，我一个人在沙滩上。更多的碎片。迪伦的脸——愤怒的通红的脸；妈妈的白色上衣；父亲拿着蓝色的东西——一块布料在风中抖动。轰鸣声越来越大，就像一阵狂风裹在我的头上；我想吸一口气，却被风呛得无法呼吸。周围的一切都变成朦朦胧胧的蓝色。我嘴里尝到盐的味道，感觉身体里的氧气耗尽了。

"艾希。"

父亲的声音从呼啸的风声中漏进来。

"艾希，我们走吧，风大了。"

我睁开眼睛，喘着粗气。我还坐在草地上，那些画面都消失了。好像没有人注意到风的呼啸或者我的喘息。迪伦已经站了起来，朝父亲那边走去。

"安睡吧，爱德华。"父亲说道。妈妈也跟着说了一遍，不过我只听见她发了第一个字的音，后面她只是动了嘴唇。

艾迪并没有睡觉。他在草坪上蹦来蹦去，他在追我，想跟我击掌但总是拍不上。我成全他一次，他跳起来拍我的手，尖叫一声绊倒在地。

我并不是真的看见实实在在的他，准确地说，我只是能感觉到他。

两只海豚从海面上空越过。从这里我看不清它们是谁，但我认为它们是小捣蛋和太阳舞——艾迪的最爱，因为他以前抚摸过它们一次。

我想吸引迪伦的注意，但他一直看着大海。我不知道他是不是跟我想的一样：如果他没有把艾迪留下跟我在一起会怎么样。如果我能看好艾迪的话，我本该看好他。

"小翅膀们今天都来了，艾迪。"我低声说。

***

后来，妈妈走进我的房间，祝我生日快乐。

"对不起，我们没有准备一个隆重的庆生，甚至没准备礼物。我努力了，但我甚至不知道他现在会喜欢什么。他可能已经长大了，对乐高不感兴趣了。"

"真的么？"我问道。也许她刚刚也感觉到他了。

我为这个想法感到兴奋，汗毛竖了起来。"他还是很爱乐高玩具，"我对她耳语说，"特别是船。"

妈妈喘息着，手臂抽搐了一下。我想她肯定会拥抱我，但她却僵在那儿，然后摇了摇头。

她没有拥抱我，而是温柔地抚摸着我的头发，她说："我们不应该这样。我不该假装他还在。"

她还在抚摸我的头发，我已经开始发抖。我不知道她说的假装是什么意思。虽然我们再也看不见他，难道我们就不能谈论他，或者想想他可能会喜欢什么吗？我们不能就这么把他忘了，好像他从来没存在过一样。

"我有时候会忘记，"她平静地说，"比如，早晨刚起床的时候，或者我出去买菜的时候。然后，当我想起来时，心真的很痛。"

"但你能感觉到他？"我问道。

"是，当然，"她答道，"有时候。"她皱起眉头，环顾着房间，迟疑的样子。"艾希，你不相信鬼魂吧？你信么？"

"不信。"

她似乎没明白我说感觉到他是什么意思。肯定是只有双胞胎之间才会有感应。不过我不想跟其他人分享这件事。

"好，很好，"她说道，"不管怎样，我们下个星期庆祝你的生日好吗？我们可以出去吃一顿，我们四个一起。我特地存了一些钱。"

"当然可以。"我说，我很失望她不想再继续谈艾迪。而且我对说好的生日大餐一点期待都没有——每年她都这么说，但从来没实现过。

"我还给你准备了一个小礼物，不过不要告诉你爸爸，你知道他是什么德行。"

她递给我一个用旧圣诞节包装纸包着的包裹。我已经能猜出是衣服之类的。

"你自己拆吧，"她说，"对了，迪伦给你一张卡片。"

她从裤子屁股兜里揪出一个信封给我。我猜迪伦太怕当面给我才会让她带给我，他知道我们在普安特的时候，他应该站出来挺我。

妈妈走了，我先打开了那个信封。卡片的封面是一个插着十六支彩色蜡烛的巧克力蛋糕。署名是迪伦和艾迪。迪伦甚至还模仿了艾迪歪歪扭扭的字迹。所以迪伦也在假装。有时候我感觉我们生活在一个艾迪还在的平行世界里，但只要开关一转动，我们就会跌回现实中，而他不在。那样的日子是最糟糕的。

妈妈送我的礼物是一件特别小的黑色蕾丝露脐衫。我能把它套进脑袋里就已经是万幸了，即便那样我也不可能把手臂从又窄又薄的衣袖里撑进去。我正要把它扔进垃圾桶，忽然想起也许哪天妈妈会想借去穿一穿。去年我的生日礼物是夹式假发——好像我还需要更多头发一样。我让迪伦送给他一个朋友的妹妹了。

艾迪在的话可能会弄坏夹式假发和蕾丝上衣逗妈妈发笑。我的胸口颤抖起来。感觉就像艾迪正试图挣脱出来。

6

艾迪喜欢被埋起来,几乎跟他喜欢海豚一样。医生们告诉爸妈,多进行肢体活动对改善他的情况有帮助。他们鼓励我们让他触摸各种东西,去感觉它们的质地纹理。他总是想要挖一个洞或者堆东西。妈妈以前会从公司的收发处收集纸箱和塑料盒,带回家给他玩。

我们快要七岁的时候,妈妈带回家一个超大的纸盒和一些红颜料。艾迪看见那个盒子都尿裤子了,他想马上爬进去。

爸爸给我们讲过一个澳洲内陆住在地下的矿工们的故事。

"那里太热了,你可以直接在地上烤香肠,几秒钟就熟了。因为太热,不能住在一般的房子里,而必须要住在地下。如果天非常热,你必须说:'真是热得吱吱响。'"

"哇!"艾迪尖叫道,"我想要住在澳大利亚[1]的地下。"

我们把盒子涂成了土红色,等着它干的时候,迪伦就教艾迪学澳大利亚口音。

---

[1] 原文 Straya,澳大利亚的缩写,澳大利亚人会在说这个词的时候歪着脑袋说,此处为有俏皮意味的本地口音。

"你烤架上的牛排真是棒呆[1]了。"迪伦边说边把塑料牛肉排在艾迪的玩具烧烤架上翻了个面。

"超赞!"艾迪说着叉住一块牛肉排,把它切成块。

爸爸和我从厨房的抽屉里找来一些很古老的德国友好牌胶水把它们粘回去。爸爸喜欢修理各种小东西——也许他用这个来弥补自己对修理我们这座快要倒塌的房子上的无能为力。

盒子干了,艾迪钻到下面,其实空间还够,可是他不肯让我也进去。

"你能上像样的学校,"他说,"我只有我的澳大利亚地下室。"

我被他气疯了,叫他"自私的贝壳"[2]。

"我恨你。"他透过爸爸给他在边上做的一个透气孔对我轻声说。他在盒子里一待就是几个小时。我觉得他肯定是睡着了,因为后来他大声向我求救。

"艾丽,让我出去!"他哭喊道,"艾丽,我喘不上气了。"

我想象艾迪十六岁的样子,还是叫我"艾丽",还是小小的,还是很笨拙。他在校门口被人欺负。被那些比他小但是比他高大的男孩欺负,他们推他,偷了他的午餐钱,我冲过去救他。我一拳砸在其中一个男孩脸上把他打得鼻血直流,然后,我就带着艾迪回家,他一直在哭。

内疚感淹没了我。如果他真的在那儿,这些真的发生了,我真的会救他吗?

---

1 原文 Bonzer,澳大利亚俚语,意为特别好、超酷的。
2 原文 selfish shellfish,是女主人公在用发音相近的词来戏弄发音不准的弟弟。

7

早晨的时候我和迪伦在楼梯那儿碰头,准备一起出发,这是我们返校的第一天。他最近换了新发型,金色短发,前面头发喷了很多发胶,全部往上竖起来的飞机头——自从和劳拉,我们年级的一个女孩在一起以后他就在尝试这个新造型。我之前还挺喜欢劳拉的——有一次我的书包丢了(后来我发现它被塞在自行车棚后面),她把自己所有的文具都借给我用。但今年她和那些手提包小姐们交上了朋友,尤其跟我的克星——艾尔莎·菲兹杰拉德走得特别近。这些迪伦全都知道,但他好像不在乎我反对他们俩在一起。

其实飞机头并不适合他。我更喜欢他留懒散的长发,长长的刘海垂下来遮在眼睛上的样子。他今天穿了件淡蓝色的衬衫,尽管中六的学生并不需要穿得这么讲究。他让我觉得有点自惭形秽。我的裤子屁股那块勒得太紧了,我的袜子总是露在外面,胸口的扣子好像快要崩开了。我觉得我的校服可能撑不了一周,更别说一年——我希望到了中四就不用再穿校服。

"谢谢你的卡,迪尔。"

我尽量用爽朗的语气,尽管那张卡让我觉得很悲哀,而且这种情绪积压在我心里,一整个晚上都没法消散。

他耸了耸肩说:"快点。我们要迟到了。"

早晨的他总是脾气很大。

"你可以先走,不用等我。"我说。

迪伦一直认为人生是场赛跑,但我从不觉得有什么必要非得准时到达某个目的地。那只不过意味着早点去你不想去的地方,并在那里待得更久。如果人生真的是一场赛跑,那我已经落得太远,尤其是在学习方面。

不过他还是在等我,焦躁地看着表。我走到楼梯最上面的时候往下看,发现他正对着镜子里的自己皱眉头。他肩膀向后,挺起胸口,努力吸着根本不存在的肚子。他对外表的虚荣心太重了。这一点可能是妈妈的遗传。

出门的时候,妈妈递给我们一人一个午餐包。

"好好的。"她叮嘱我们。

我不知道是不是该待在家里陪妈妈,但我的脚已经迈出了家门。

到了离家够远的地方,迪伦拿出锡纸包的三明治,把它扔进了树篱里。

"你为什么要扔掉?"

"因为很恶心,"他边说边做出要吐的样子,"我讨厌西红柿。"

"你为什么总是撒谎?你总是扔掉那些吃的,难道不觉得心里过意不去么?"

"为什么你的问题这么多?"

迪伦从来不回答我的问题。我也不再指望他会回答。

"想来一支么?"我说,一边在兜里摸索着打火机,一边把烟伸过去。

"你从哪儿弄来的?爸爸知道了会杀了你。"

"去他的!他肯定会对你浪费食物更恼火,世界上还有那么多孩子在挨饿呢。"

迪伦没理我,自己拿了支烟等着我掏出打火机。

"你说他能去哪儿?"迪伦问我,"你知道的,晚上他总是跑出房子,然后很久不回来。总不可能他一直跑了四五个小时。"

"我知道他去了哪儿。"我拿过迪伦的香烟,和我的一起点上,做得很熟练的样子,然后把他的烟递给他。抽烟是我的新爱好。

迪伦转过来对着我,把烟从自己脸上拿开。"那你说他去了哪儿?"

我注意到自己裤子上有一个裂缝,当我盯着它看的时候,发现它已经是一个小洞了,露出一块白白的皮肤。

"没去哪儿。他就是坐在树林旁边的长凳上——在鸭塘边。"

"你是不是盯每个人的梢?"

"噢耶。"

迪伦被烟呛到了,假装还得好好咳上一阵似的。

"你不应该刺激他。"他说。

"为什么你每次都帮他说话?你是怕他还是怎样?"

"不是。我只是觉得你该放他一马。"

"他也该放我一马,尤其是我生日的时候。整天愁眉苦脸的也帮不到艾迪,不是吗?"

迪伦有点惊慌。我们几乎什么都谈但我们从不在外面谈论艾迪。

"你昨天想那件事了吗?"我平静地问。

"哪件事?"

"就是,那天的事。"

迪伦变得非常安静，我利用这个空当猛吸着烟。

"我想起有天他追着一条狗。"他终于说了句话。

回忆起那天让我微笑起来。那条狗冲出了树篱，而艾迪被挂在狗狗的拴绳上，狗主人简直要抓狂了。

"看到了么？这就是一个美好的回忆。你昨天应该说这个故事的。我们应该从现在开始就这么做，多讲一些艾迪的搞笑故事。比如有一次他在两个鼻孔里各塞了一颗豌豆。"

"那还不是你的错。他是在学你。"

"我知道。不过我们只是在搞笑逗趣。至少在进医院之前是这样。"

我们都咯咯笑出声来，突然之间，艾迪的鼻孔里塞着豌豆的画面变得悲伤得让人难以承受。

"迪尔，我能问你个严肃的问题吗？"

"行。不过我可能不会回答。尤其是如果你想问我是不是难过，那么我很好。"

迪伦从没承认过他的感受，他很悲伤。他总是说"我很好"。

"不，另外一个问题。"我压低声音以防别人听见，"你有没有记忆闪回的经历？"

"什么？"

"记忆闪回。"我提高嗓音，又重复了一遍。一群中一的学生从我们中间挤过去。

迪伦张着嘴愣了一秒钟，跟妈妈不想回答问题时的表情一模一样。

"我不知道你在——"

"嘿！"

迪伦的朋友们在马路对面，疯子似的朝他挥手。

虽然迪伦是个聪明的优等生，他还是很受大家喜爱。他在学校有一大帮朋友。他们很多人的名字我都不知道，因为他们总是用奇怪的外号称呼彼此，或者是骂人的话，像是酒疯子或者傻屌。

在叫他的那个男孩个子很高，也梳着飞机大背头。他总是穿那双阿迪达斯运动鞋，虽然学校不允许穿运动鞋来上课。

"迪尔大师！快点。"男孩们叫道。

"我们晚点见了，好吗？"迪伦对我说。

他等一辆车过去后穿过马路。那个穿阿迪达斯运动鞋的男孩还朝我挥了挥手。我猜迪伦肯定跟他们打过招呼，让他们对我好点。我也对他挥了挥手，然后把手插在口袋里，低下头看着地面继续走路。

现在就剩我一个人了，又要落入那些手提袋女孩的魔掌里。那些女孩挎手提袋来上学，而不是帆布背包。我都不知道她们的课本能装哪儿。我跟迪伦在一起的时候，她们不会来烦我，但如果我是一个人，她们就会靠过来，对我指指点点，说我的发型怪或者裤子绷得多紧。手提袋女孩的头儿是艾尔莎·菲兹杰拉德。艾尔莎基本上对每个人都很坏，但我是她最爱的靶子，自从我们俩第一次见面起就是了。那天另一个班的一个男生把她推进了学校的池塘里。我挺想帮她的，我尽力了，但我很怕掉进池塘然后陷在烂泥里面。而且我的咽炎让我说不出话来。所以我跑去找老师来救她，但是等我再回到池塘的时候，半个学校的人都看见了她浑身烂泥站在池塘里的糗样。自从那以后她一直在惩罚我，嘲笑我那天的胆小和沉默。

艾尔莎撞到我身上，差点把我撞倒在地上。

"哎呀，你还在这儿啊。我们都希望你假期里死掉了。"她说。

我没理她，继续走路。有时候我也希望自己能死掉，但那样的话谁来照顾艾迪？

8

虽然福特罗斯是黑岛最大的镇子,但它仍然很小。这里没有电影院,也没有保龄球馆。高街上挤满了狭窄的小店,夏天卖挖沙的桶和铲子,冬天卖雨伞。唯一有点用处的店大概就是超级药店、合作社商店和面包店。这里的人喜欢打听别人的事。他们都认识我。

"你是艾希·曼恩,对吧?"他们会这么问,"你是科林家的老幺。"

我哥认识很多人,大部分是女的。

有时候我会骗他们,告诉他们认错人了。他们就歪着脑袋,露出同情的表情。

尽管地方很小并且到处是爱管闲事的人,福特罗斯也有很多地方可以让你躲起来。镇子的一边是罗斯马基海滩,那里怪石嶙峋,经常有水獭出没。在镇子的另外一边,有一个港口藏在大路下面,那里停泊着很多渔船。迪伦和我不应该在没有大人陪同的情况去海边——至少,我们从未被允许这么做。有时候我觉得这条规矩已经没什么约束力了,虽然爸妈没有说过太多,但是他们中总会有一个人时不时地发飙,控诉我们回家太晚或者自己跑去游泳。这条规矩也是太傻了,我们怎么可能不靠近海边——我们就生活在被水包围的地方。我有自己的规矩：可以到海边去；只是不要下水就好。

迪伦放学后和劳拉一起走了，可能是为了躲避我的问题，所以我直接去了港口——去了船屋。树林在狭长的卵石海滩上投下影子，船屋背靠着树林，是一座高大的木结构的房子，有一扇很大的红漆拱门和瓦楞铁的屋顶。紧挨着船屋是一个建在木头高跷上摇摇欲坠的旧会所俱乐部，以前是属于航海俱乐部的。航海俱乐部几年前已经搬到因弗内斯闪闪发亮的新港口去了，所以现在这个会所已经都封了起来，船屋也没有人在用。这就是我藏身的秘密地点。

我沿着沙滩走的时候，一只海鸥迎面飞过来，就要撞上我，我不得不转向大海。

这时我看见一只船。

一条很小的船，引擎还在轰轰地抖动着，喷出一缕缕黑烟，它正在进港靠岸，最后靠着其他的渔船停泊在港口的墙下。船上有四个男孩，互相打闹开着玩笑。他们看上去都比我大，也许十七或者十八岁。我坐在长椅上，假装在看海。有三个男孩穿着——我一开始以为是裤袜，然后发现其实是潜水服，上衣已经褪下，两只袖子荡在腰上好像多余的腿。其中一个男孩光着上身，我从这里都能看出他的肌肉很强健。另外两个穿着 T 恤，第四个男孩从头到脚穿了一身黑色；黑色的牛仔裤，厚厚的帽衫和太阳镜。他们四个人好像在过不同的季节。他们顺着墙上挂下来的一条生锈的梯子吃力地爬上石堤。走在最前面的那个穿着帽衫的男孩，肩上扛着一个看上去很沉的包，手上提着两双拖鞋。他们的笑声在昏暗的夜色中传得很远，我为自己悲哀，我没有这样一帮可以玩在一起的朋友。帽衫男孩往我这边看过来，我扭头避开了他的视线。等他们走远，背对着我时，我猫着腰跑到会所下面，穿过杂物和卵石，爬到船屋侧面一块松了的墙板那儿。那个缝正好能让我挤过去。

　　船屋里只有一条船——一艘破破烂烂的独木舟，曾经肯定是橘色的，但现在已经变成了发白的桃粉色。独木舟被放在拱门前面，好像它已经迫不及待地想再回到海里似的。除了这条船，船屋里空空荡荡，木头的横梁穿过墙壁和房顶，我猜是以前用来挂独木舟的。

　　屋子里面很暗，但下午的阳光还是从拱门的裂缝里挤进来，在地上投下黯淡的黄色三角形光斑。这里弥漫着一股霉味，闻起来像老木头和苔藓的味道，但是经过几个月时间，我已经把这里布置得很有家的感觉了——地上铺着毯子，还有一条是用来裹的，就像今天天气寒冷，就用得着。这里还放着一个小小的柜子，有一天我在沙滩上发现它被丢在那里，就费尽力气把它拖了进来。这里就是我藏我的赃物的地方——可乐、糖果、火柴、香烟（如果我还有的话）、钢笔、纸，还有扑克牌。我无聊的时候可以一个人玩纸牌游戏，但大多数时候我只是坐着，听外面的风声、雨声。有时候，雾也会飘进屋子里。

　　我的存货已经不多，需要补充了。我打开最后一包马氏巧克力棒吃了起来，尽量吃得非常慢，一边试着回忆在普安特找回的那些记忆碎片的细节，希望能找到一些新线索，帮我搞清楚艾迪失踪那天到底发生了什么。

　　并不是说我不知道发生了什么；我记得那一整天的事——只是记忆中有一些空白。我不记得艾迪失踪前那会儿我们正在说些什么——那是我们最后的对话；也是他人生最后的对话。还有我发现他不见了之后的记忆很模糊。得了咽炎的这一整年，我一直在努力寻找答案——我甚至画出了普安特的地形图，还试着把每个人当时的位置都标记出来，但这一切都让我更迷惑。我不知道为何现在我又想记起来，但是我觉得肯定跟艾迪一直还围绕在我身边有关。

我把所有的事实列了个单子：

关于那天的记忆：

1. 迪伦在和海豚游泳。
2. 艾迪和我在海边蹚水。
3. 艾迪一开始在那儿，瞬间就不见了。
4. 爸爸在沙滩上，但我没看见他。
5. 妈妈在家里，做蛋糕。她是接到警察电话后才来的。
6. 我晕倒了，爸爸来找我。
7. 我所有的记忆都笼罩着一层蓝色的烟雾。

我记得那个早晨。我们吃完早饭以后，就开始拆生日礼物。艾迪得到了一架遥控直升机，没几分钟就被他撞坏了。我得到了一个新足球，是真皮的。那天外面风雨交加，我们就在起居室里踢着玩，直到艾迪打碎了咖啡桌上的一个杯子，妈妈发火了。艾迪闹了一通脾气，因为他不想穿蓝色的 T 恤。蓝色已经不是他最喜欢的颜色了，但他的红色 T 恤被撕开了一个大口子。然后妈妈让爸爸带我们去罗斯马基沙滩，不要在家打扰她。

罗斯马基是福特罗斯边上的一个小村庄——那里很美很古老，而且有黑岛最美的沙滩和最好吃的冰激凌。但是艾迪却非要去仙隆里普安特看海豚。迪伦站艾迪那边，因为他自己想去普安特游泳——很显然那里的激流能提供很好的锻炼，而且他有场比赛志在必得。迪伦那时已经是黑岛开放水域游泳一千米的冠军——他还想成为高地冠军。

我们正要离开家的时候，电话响了。爸爸接的，是我的朋友艾米丽的妈妈打来的，她说艾米丽生病了，晚点不能来参加我们的生日派对了。我坐进车里，生着闷气，也不再关心冰激凌。反正，这种天吃冰激凌也太冷了。

我就那样坐着回忆了一会儿，很想知道有没有人会注意到我不在家。有时候我觉得自己就像隐身人，好像吹在别人后脖颈上的一阵风，他们感觉到风会去关窗子，但看不见那阵风。

我正准备回家的时候，木板门吱嘎地响了一声，开了。我屏住呼吸缩进角落里，希望进来的人千万不要是我爸。

"你好？"一个声音从外面传进来。

是个很年轻的声音。

"里面有人吗？"

接着出现了一张面孔。一个穿着拖鞋的男孩，松软的棕色头发，还有点胡茬。

"啊，我就知道里面肯定有人。"他从门缝里挤进来，径直朝我走来。我神经紧绷起来，开始收拾自己的东西。

"不要因为我来了就走好吗？"他说着在我旁边坐下，在水泥地上伸直自己的长腿。他的黑T恤下摆有点磨破了，当我看见他手上拿的太阳镜时，我想起来他就是从船上下来的那个穿帽衫的男孩。

"你是谁？"我问道，希望自己的声音不会抖得太明显。

"泰维·麦肯齐，"他说道，"叫我泰就行。"他的胳膊压着我的胳膊，把我的雨衣弄得沙沙作响。我真应该早一点离开的，我觉得很热，而且现在我没法挪动了。

他不像是我们学校的男生。他们都留着喷了发胶的时髦发型，这个男孩的头发乱糟糟的而且很长，长得能遮住耳朵。他们都是圆脸，这个男孩则是棱角分明的国字脸，还长着深色的胡茬。我不会形容他很帅，但是他的棕色眼睛很好看，而且睫毛很长，我忍不住一直盯着他看。他让我想起几个月前看过的一个关于少年犯的纪录片。虽然那个片子里的男孩因为打架斗殴最后结局很惨（真的很惨），我记得自己为他感到很难过，因为我知道他只是被误解了。我看得懂那个监狱男孩紧皱着的眉头——每天早晨我对着镜子会看见一样紧皱着的眉头。泰也是，他和我们一样，脸上有种不被世人理解的表情。

"那你又是谁？"他转过头问我。我盯着他莹润的嘴唇，好奇他的女朋友是谁，希望不是艾尔莎·菲兹杰拉德，祈祷他不是她派来折磨我的。

"我是艾希。你是迪伦的朋友吗？"我满心希望地问道。

这个男孩眨了眨眼说："谁？"

"没事了。你的名字是什么来着？"

"泰，"他缓慢地说，"你的记忆力很差。"

"跟那条河一样？"我问道，"曾经有一次地震让密西西比河逆流，你知道吗？"我知道很多关于河流的知识，都是从祖母送给迪伦的百科全书上学到的。还小的时候，我经常读关于全世界的地下河流的书，因为我想知道艾迪有可能去了哪里。

"对，跟条河一样。"他说，好像被逗乐了，"哦，不，我不知道那些。谢谢你给我上了一课。所以你是一个神秘寄居者。你把这里弄得好像有模有样的。"

"你动过我的东西吗？这是我的地盘，懂吗？"

尽管他看起来不坏，而且跟一条河同名，但这里是我的秘密地点。

"我想你应该知道早在你来之前这里就是我的地盘了，"他对我说，"我只是离开了一阵子。"

"真的吗？那你去哪里了？"

"就是离开了。"

"那你至少离开了一年。"我答道。我发现这里的时候，并没有发现一丝一毫有人使用的痕迹。

"已经五年多了。我十二岁那年搬走了。"他说。

五年。肯定进了监狱。我打赌。不知道他干了什么坏事。不过十二岁就进监狱也有点太小了，哪怕是少年犯。也许是某个寄宿学校。不过，这也算是个好消息，因为这样算起来他不可能知道艾迪的事。

"我得承认，"泰说，"我以为是一个小屁孩入侵了我的秘密基地。"他举起一个空糖果包装袋来作为佐证。

"我不是只有糖果。"我指了指自己脚边的本森香烟。泰好像又被逗乐了。

"吃糖也没有什么不对，"他说着把空包装袋弹到身后，"那么，你是在福特罗斯上学吗？"

"对，但我讨厌上学。学校里有些女孩一直让我感觉很可怕。"

"我以前也讨厌上学。女孩对我来说也很可怕，所以我退学了。"他说着笑了起来，"我现在上的是生命课堂。"

"有死亡课堂么？"

泰往前坐正，对我咧嘴笑了。他的睫毛忽闪忽闪的，不知怎么让他棱角分明的脸看上去柔和了许多。他的牙齿很亮白，而且他的嘴唇看上去很润滑。我真希望自己之前也能多涂一层唇膏。

"死亡课堂？让你学习怎么去死吗？"

他觉得很好笑。我希望他看不见我发烫的脸颊有多红。"也许吧。"我吞吞吐吐地说，努力想有什么别的可说。

"你真是个有趣的人，艾希。"

他告诉我他曾经在一天之内跑步环绕整个黑岛，还被农场的狗追。我告诉他我曾经在参加学校组织的越野赛跑时躲在一个公交车站里，只跑了最后一圈。他称赞了我的"创意"，但又说我应该多练练跑步，以防万一被农场的狗追。我告诉他我不怕狗。我没有告诉他我害怕什么。

"我们下次再一起玩，"他说，"我就在附近。"

他优雅地从门板缝里钻了出去，我突然希望之前我没有从他身边挪走。我仰面躺下，闭上眼睛。我已经不再忧虑艾尔莎·菲兹杰拉德，或者下流的学校，甚至那些闪来闪去的记忆碎片。

艾迪深藏在我的身体里，他在笑。我记得他最喜欢的一个笑话。

"为什么鱼儿沉在海底？"我问他。

"因为它们都辍学啦。"他会回答。

9

艾迪和我八岁的圣诞礼物是笑话书。我的是红色的，艾迪的是蓝色的——他那时候最爱的颜色——"海的颜色！"艾迪比我更喜欢水。我喜欢从海岸边看着海水，因为我害怕被海藻缠住脚，但艾迪喜欢待在水里，让海浪从他的头上拍过去。他面对海浪的时候是那么无所畏惧。

那个圣诞节我们一起坐在沙发上拆圣诞礼物。艾迪坐在我的腿上，尽管我很不舒服，但他对过圣诞太兴奋了，我不想让他扫兴，我坐着不动任由他把丝带和亮箔片堆满我们周围。妈妈递给我们外婆的礼物，我们迫不及待地拆开包装。一人一本笑话书。封面上写着，8岁孩子的笑话书，我得念给艾迪听，因为他不识字。

"全是海洋生物——"他叫起来，一边翻书一边睁大眼睛找着海豚，"看，看呀！"

每一页、每一幅插图他都会指一下，然后送到我的眼前让我看，我还记得闪亮的纸张贴着我鼻子的感觉，还能感受到书掉在我脚上的重量。

我们已经有一阵子没见过外婆了。她住在西海岸的罗蒙湖，据说我们小时候经常去但我不记得了。大多数时候是她来看我们，但是她年纪越来越大，不便旅行，来访也愈发少了。我们最后一次见她是我和艾迪九岁的那个圣诞节。她在这里的最后一晚，和妈妈大吵了一架。我和艾迪躲在壁柜里，不知道到底发生了什么，我听见外婆对妈妈说："我不知道我生了一个小骗子。"她出去的时候，拥抱了一下爸爸，让他带孩子们去看她。不过他后来再没去过。今年一月外婆去世了，妈妈再也没有提起过她。

外婆最伟大的一点在于她把我和艾迪同等对待，虽然我们非常不同。我很普通，普通的身高，普通的体重，在学校里是个普通的学生。艾迪不是。他很瘦小。他走路的时候总是摔倒，好像他的腿断了一样。他"不够聪明"，不能上我那所普通学校。有时候外婆把我们当成双胞胎对待似乎并不合适，因为她买的衣服对艾迪来说太大了，或者买的书对艾迪来说太难了，但是艾迪对这些似乎不太在意。

"我跟你一样，艾丽。"他会说，傻笑着，穿着一件长到膝盖的套头毛衣。或者，"如果你先读出那些词，我也能读，等我准备好了。"他是跟外婆学会这么说的。她告诉艾迪，如果他准备好了，就可以做好一件事，她也从来没有对我们的年龄撒谎。她从不像妈妈一样假装我已经八岁，而艾迪只有六岁。

"艾丽，你的笑话书有什么？"艾迪给我看完他的书以后问我。

我从毯子下面抽出我的书，打开给他看。我的腿已经麻了。

"小马！"他喊道，然后看着我的脸，伸手拉住我的手，"我很抱歉，但你可以看我的书。"

从房间的那头传来父亲的大笑声。

"西莉亚，快进来，快！"他呼唤妈妈，她正在厨房做着什么，闻起来像酸了的奶酪。

她跑着进来，围裙上溅了油，"什么事？"

"再说一次，艾迪。"我父亲紧握着双手说。

艾迪看着我，很迷惑。

"你还记得刚刚对我说了什么吗？"

"小马！"

"不，在那之后，"我说。

艾迪咧嘴笑了。"噢，听到这个消息我很难过。"他接着说，这次听上去像是模仿妈妈打电话时，对她"遇到了糟糕的事"的朋友说话的语调。

妈妈用双手捂着嘴笑，接着又假装生气地叉着腰。

"噢，见鬼！"她嚷道，"我听起来真的是这样的吗？科林，为什么你不早告诉我我听起来这么假？见鬼！"

"别这样说，妈妈，"迪伦从百科全书里探出头来。"妈妈，你知道黑洞可容纳几千亿个太阳吗？"

妈妈没有回答迪伦的天文测试题，她转过头问艾迪笑话书怎么样。

"给八岁孩子看的笑话，"她读了出来，"哇，你是不是又长大了？"

"是关于海洋生物的，"他说，"但是我没有发现里面有'小翅膀'。"

"别沮丧，还有许多其他美丽的海洋生物。你为什么不给我讲个笑话呢？"她在围裙上擦了擦手上的油，靠在墙上，等着。

艾迪把书递给了我。

"龙虾为什么会脸红？"我读出来。

"我不知道！"艾迪叫道。

"因为有海藻。"

他听不懂。他开始苦恼地扭动身体，每当他听不懂的时候就会这样。

"艾迪,再听一遍。"

艾迪开始乱蹦乱跳,用手戳我的膝盖,我看见妈妈脱下了围裙,身子滑到爸爸怀里,他们吻了起来,迪伦竖起百科全书遮住眼睛。我想用手去捂艾迪的眼睛,但他似乎并不反感,还想来亲我。

艾迪知道我对那本笑话书的想法,虽然我什么都没说。没有人能比他更懂我。我没有告诉过任何人,我害怕马,但是他知道。

10

今天的海很黯淡,跟天空一样灰,海潮涌进港口,拍击着渔船组成的墙。还好没有下雨。我走进船屋之前,清了清喉咙,这样我就能问出泰在不在,我还涂了点红宝石色口红润润自己的嘴唇,万一他想亲我呢。

船屋是空的,就像我昨天离开时一样,它看上去更凄凉。我刚刚在一张毯子上坐下,就被外面传来的嘎达声吓了一大跳。然后,我听见了音乐声。我回到鹅卵石滩,才发现声音是从上面的俱乐部里传出来的。我从俱乐部下面匍匐出去,爬上吱吱呀呀的楼梯到了露台上。船屋的窗户有一块木板被卸下来了,我能看见里面。一个戴着眼镜的男人在搬椅子。在远处的角落里,大大的平板电视里正在放映的画面是一个女人平躺在海面上,身后有一轮明亮的红红的太阳。她沉入水里,银色的泳衣让她看起来像一条巨大的鱼。下沉的过程中,镜头一直追着她,直到她消失在大海深处。我感到窒息、恶心。我看到的是我的梦境在眼前成为具象,只是现在我十分清醒。音乐声很大,但隔着玻璃听上去很微弱,我感觉我爬到了相反的一边。那个男人转过身来，我开始想逃跑。

我逃跑了，在他发现我之前。

从港口到在麦凯伦大道的住处有一英里远。最快的路是从高街直接穿过墓地，我从未走过那条近道。我试过——站在墓地门口，两腿僵住，迈不动步。

相反，我走了条远路。左转从警察局门口经过，然后绕过所有的房子。路蜿蜒曲折，穿行在那些簇新的住宅区里——漂亮的大房子，有亮丽的车库和小飘窗。我们的房子更像是罗斯玛基的那些摇摇欲坠的老房子。在我们的街道上这样的房子已经所剩无几。

我走到门口时，父亲给我开了门，他抽烟抽得跌跌绊绊，气喘吁吁。

"你去哪儿了？"他吼道。

"学校。"我说，从他身旁挤进屋里。

"别对我撒谎。"

我不想理他，可他一把把我拽回去，面带怒色，他的眼角又多了皱纹。

"一个小时以前学校就放学了。你到底去哪儿了？"他的鼻息很重。

"没去哪儿，随便走走。"我说，"我有散步的权利。"

他按着我的肩膀，掐住我的脸，"你是不是去了海滩？"

"没有。"我说，盯着他脖子上的一颗痣。他并没有问及港口。

"你肯定你没有嗑药？因为你——"

"你弄疼我了。"我哀号起来，挣脱了他的控制。

他望向我回家的路，一副不解的样子。我抑制住了质问他的冲动，你是不是才是那个嗑了药的人？

***

距我上次做那个梦已经有好几个月，或者是一年。梦醒后，总让我觉得恶心。我会爬进父母的房间，挤到他们俩中间去。妈妈从来不问我怎么了，但她睡着的时候会摸着我的头发对我耳语说你很安全。

我十二岁的时候父亲就把我赶回了自己房间。

"你太大了，不能再跟我们一起睡了，艾希，"他说，光着身子从床上坐起来，"如果你害怕的话就把灯开着，但是回你自己的房间去。"

他认为我怕黑。他可能从未想过我渴望黑暗。

11

妈妈每周四去见一个叫保罗的心理医生。她的预约都在下午，正好她能在我们放学前赶回家。我们都不允许打扰她。通常父亲下班回家的时候，她已经爬起来并且补过了妆。在晚餐桌上，她会说些这样的话："哎，我真是又老又蠢，我又哭了。"晚些时候，等我上床睡觉时，我会听见她对我父亲大声咆哮——骂他麻木不仁，指责他应该明白做完疗程以后她说的还好根本就不是还好的意思。

今天我让他们闹了一个小时才给她端去一杯茶。她像个破布娃娃一样瘫躺在床上，抱着一个脏兮兮的泰迪熊玩具，那是我以前的玩具。她根本没有注意到我，于是我把茶放在她身旁就离开了。其实她从来不喝茶。每次马克杯里都会留下满满一杯凉透的茶，我会把它端走从窗子里倒进杂草丛生的后院。那里还有些碎了的马克杯，不过不是我放的。

迪伦和父亲对妈妈没有我那么耐心，她说他们对艾迪的事没有她那么伤心，我不确定是否真的如此。可能有一点。我在她的一本应对悲伤的书里读到：因为母亲是那个怀胎十月的人，所以母亲承受的痛苦是最深的。但那本书没有提到双胞胎之间的情感。我问过迪伦一次，他说可能我跟艾迪的关系是最紧密的，但他也说过读那些应对悲伤的书是个坏主意。他说妈妈应该回去找一份全职工作然后把家照顾好，而不是去读那些东西。她在一家牙医诊所当前台，一周工作三天，这还是她上学的时候找的工作。当时她没有上完学，而是一直干着这份工作，就是为了攒钱买一双长靴。每次我跟她要零花钱的时候，她都会告诉我那双靴子是她给自己买的最后一件东西。

要悄无声息地离开家还需要一点窍门。我打开前门的时候得把玻璃按进门框里，出去以后，再从另一面按紧，这样开门的时候不会嘎吱作响。没人会知道我已经离开了家。走去港口不是有意识的决定。我只是开始往前走，脑子在胡思乱想，想着泰，还有他抽烟的样子——那么有格调。如果不是香烟在冒烟，根本不会注意到他是在抽烟。我又想起自己在旧俱乐部里见到的那个男人，还有那个穿着银色潜水服的女人。

到达港口的时候天已经黑了。我从楼梯爬上阳台走廊，地板嘎吱作响。我得把脸紧贴在窗户上才能看清俱乐部里面的情形。戴着眼镜的男人靠在吧台上，在读报纸。他的头发算不上花白，只是颜色很浅而且蓬松稀疏，他脸上的皮肤松松垮垮的。他时不时舔一下自己的手指来翻动报纸，或者把眼镜推到鼻梁上。最终，他抬起头来。我马上弯腰缩到窗台下面，但还是晚了一秒钟。

门开了。"那里很冷，"他俯视着我，笑着说，"如果你愿意，就进屋吧。"

"我在这儿待着就行。"

他伸出一只手来拉我起身，我抓住了他的手，因为我不知道不然该怎么做。

"我正在泡茶。"

他回到吧台后面,从一只水壶里倒了两杯水。他一直微笑着,头和肩膀抖动着,好像正听着我听不到的音乐似的。我坐的吧台椅特别滑。我把腿盘在椅子腿上,还是会觉得自己在一点点往下滑。

"你是这里的老板么?"他把茶递给我时我问他。

"现在是了。"他骄傲地说。他的牙齿好白,我觉得他可以去好莱坞当演员。"我和我儿子要把这里重新装修一下,改成一个潜水俱乐部。它会向大众开放——所有人都能进来,随便吃点或者喝点东西,我们也会出租潜水呼吸管和潜水装备,组织潜水活动,最终甚至可能把我们的船租出去。我对这个小小的地方有很大的计划。看见外面的船了吗?我已经买了一些——它们的船板几乎都已经腐烂了,但我在重要的地方换些新的木材,这样它们很快就能焕然一新。我们应该差不多一个月左右就能准备营业了。"

"噢。"我说,盯着自己杯里的红茶,猜想泰是不是他的儿子。

"我叫米克。"他握了握我的手,"你叫什么名字?"他问道。我笑了,因为他竟然还不知道我的名字。

"艾希。"我郑重地发音,就好像这是我第一次念出自己的名字。我往吧台椅后面挪了挪,把身子挺直,补充道:"艾希·曼恩。"

"星期四的晚上你来这里干吗?"他问道,"你是不是跟朋友走散了?"

"我没有朋友,"我告诉他,"我只有一个兄弟,我不知道他在哪儿。"

他告诉我他住在曼洛希。"一个安静的小地方。"曼洛希跟这里只隔着几个村子,在往因弗内斯的方向。心理医生保罗也住在那里。那里什么都没有,连合作社商店都没有。

45

吧台后面的墙上贴着一张海报，上面是一个在水下的皮肤苍白的女人。她在微笑，小气泡从她的嘴角冒出来。她的黑头发在水里像扇子一样打开，好像一条披肩似的。她那被闪亮的潜水衣包裹着的身体修长曼妙。她手臂抬起的姿势就像鸟儿正要振翅高飞。

米克看见我在看海报。"这是莱拉·辛克莱尔，她是二十一岁以下全国自由潜水比赛的冠军。苏格兰潜得最深的女孩。"他对我眨了眨眼，平静地说，"她是我亲手教的。"

"她很漂亮。"我说道，希望自己能拥有她那样的身材。

"你那天在屋外看见的视频里的人也是她。"

我没有答话，他又对我眨了眨眼。我忍不住笑了笑。我喝了一大口茶，烫到了嘴和喉咙。

"你会游泳吗，艾希？"

"我以前会。"我希望他没有听出我的声音有点发抖。

"如果你会游泳，你就会潜水。唯一的区别是，潜水需要屏住呼吸一直把头埋在水里。"

想到屏息在水里的画面，我就感到头晕。我谢谢他请我喝茶，告诉他我得走了。

"你愿意的话，随时都可以来，"他说，"我做的热巧克力也很好喝。"

我从吧台椅上出溜下来，想着回家之前必须得去撒泡尿才行。我四下张望但没有看到洗手间的标志。

"呃，这里有厕所吗？"

他领着我穿过吧台后面的小门，下了楼梯进到储藏室。我觉得尴尬极了。

"我们上面的主厕还没有修好。"他很抱歉地说。

储藏室很冷,通往那里的路很长。我又想起莱拉·辛克莱尔的视频,兴奋夹杂着恐惧的复杂感觉袭上心头。我不是真的想潜到水里,只是想知道潜入深海是什么感觉,如果不是快被淹死的感觉,那会是什么样的体验。

等我终于坐到马桶上,胳膊上起了一层鸡皮疙瘩。也许我会再待一会儿,喝杯热巧克力暖一暖。

当我正走回楼梯间的时候,突然好像听见了父亲的声音。我确信他有时会跟踪我,因为我知道他不信任我。我想找到另外一条出去的路,但是这里没有其他出口。我死定了。我迈出门去,准备迎接狂风暴雨。

四个男孩在那里,都衣衫不整的。其中一个人就是泰。

"你永远都不会打败我!"他对另一个头发特别卷的男孩说,然后他看见了我,就不作声了。他低头盯着地板,喉结上下耸动了一下。他光着脚,潜水服褪到了腰上。他在嘴里叼了支香烟,手指拨弄着湿漉漉的头发。我把眼光从他身上挪开,然后注意到那个个子最高的男孩。他跟迪伦一样有一头金发,赤裸的上半身肌肉线条分明,真想能用手去摸一摸。他把一个湿淋淋的网兜放在桌上,拍了拍米克的肩膀。

"还好吗,爸爸?"

"这是我的儿子,丹尼。"米克骄傲地说,"小伙子们,这是艾希。艾希,这是丹尼、雷克斯、乔伊,还有泰维。"

"艾希。"丹尼看看我又看看米克,然后视线回到我身上,一脸狐疑。他的眼睛是蓝色的,跟我妈妈的孟买蓝宝石一样蓝。

"你当吧台女招待是不是有点太年轻了?"他问道。

我的脸红了,我从吧台里走了出来。

"那是你的活。"米克对丹尼说,"储藏室还有一件新来的包裹需要

47

整理呢。"

丹尼从吧台后面的架子上拿了一件T恤套上。他对米克摇了一下头，肯定是在暗示米克快点把我赶出去。然后他就消失了。我见过他这种类型的男孩。这样的男孩都自以为比别人了不起，能把我这种人看透。

其他男孩都做了自我介绍。那个有着一头卷发的男孩叫雷克斯，他的头发跟我的一样疯狂，他的皮肤是沙金色的。他的样子很奇怪，上身很长，一条手臂上有很多痣。他走过来抱我，我知道他肯定是这群人中最有趣的那个。我从他手臂下面钻了出来。乔伊是四个人中年纪最小的，看起来也最友善，一头长发，有一对极其漂亮的棕色眼睛。只有他的潜水服还穿得很整齐。"嗨！"他害羞地跟我打招呼。

米克把手臂搭在泰肩膀上。

"泰是这里最好的潜水员，"他说，"他能成为苏格兰潜得最深的男孩，如果他认真钻研的话。我正在把他培养成为一名潜水训练员。"

泰耸了耸肩膀，把米克的手甩开，往前走了一步。"你好，艾希。很高兴见到你。"

他坏笑着，好像在和谁捣鬼，说着什么秘密的笑话。我的嘴唇有点干。尽管他还在几米之外，我感觉好像快跟他贴上了，我需要氧气。"对不起，失陪了。"我小声嘟哝了一句，推开他和另外两个男孩往门口跑去。

在阳台走廊上我舔了舔自己翘皮的嘴唇，尝到一股浪花的咸味。我不知道我们上次在船屋见面是不是我自己做的一个梦。这时有人轻轻地碰了碰我的肩膀，吓得我跳了起来。

"想来一支么？"泰出现在我身边，递过一包金装万宝路。我抖抖索索地想抽出一支香烟，最后还是他帮忙拿出一支来，又帮我点着。

他递烟给我的时候,手指上的细小汗毛拂过我的皮肤,我的脖子上起了一层鸡皮疙瘩。

"我正准备离开。"我终于说了一句话。

"我也是。我陪你走吧。"他指了指路的方向,走下楼梯,我还没来得及回答他就走远了。

"你不冷么?你的鞋子呢?"我追上他,问道。他的步子太大了,我几乎是一路小跑才追上他。

他低头看了看自己的脚。"没穿,鞋子是为失败者准备的。"他说,"你退学了吗?"

所以,那不是我的梦。

"我还在努力。"我说,还在小跑着,不知道他有没有发现我很难跟得上他。

等我们走到港口顶上路边的草地时,他突然停住了,我一下撞上他。他扶着我的胳膊稳住我,我们离得太近了,我能感觉到他的呼吸。我唯一能做的就是抬头盯着他看。

"对不起。"我说。

"你的烟灭了。"他轻声说。

他从我嘴里拿出香烟又帮我点着。然后他走开几步,眺望着整个港口。通往因弗内斯的大桥上的灯光在夜空中闪闪烁烁。我看了看四周,只有我们两个。

"我能问你一个问题吗?"我想再次靠近他。

"这算一个问题。"他说道,还是背对着我。我傻了一秒钟。这个人似乎不是很善于与人交流。

"你为什么假装自己不认识我?你是不是觉得很尴尬?"

泰转过身来对着我,吸气,然后吐气,非常缓慢地做着吐纳。

他这样做的时候，我一直傻傻地站着，不知道自己的话他有没有听见，我该不该重复一遍自己的问题。

"我不想让别人知道我们的秘密地点，你想么？"他最终答道，脸上露出跟刚刚在俱乐部一样的坏笑。他要么就是很尴尬，不想被船上的男孩们看见和我在一起，要么就是在掩饰什么。也许他刚刚被保释出狱。也许他不应该独自外出。我的脑海浮现出他被锁在监狱号子里在地上划自己名字的样子。

"嘿，米克说你在向他打听潜水的事。"他说。

"没有，"我答道，"是他在跟我说潜水的事。就是你们叫自由潜水什么之类的。"

"你有潜水服么？你应该到船上来跟我们一起——我会跟丹尼打声招呼的，我肯定他不会介意。你不需要潜水或做什么，光看着就行。会很好玩的，虽然每年的这个时候海水很冷，但是你一潜入水里就会觉得那些痛苦都很值得。"

他说得真的太快了，好像很紧张或是有什么事。我在脑海中飞快地想着自己穿潜水服的样子，大腿和后背撑得鼓鼓的，想着丹尼也许会介意，因为很明显他已经讨厌我了，想着这些的时候我就没听见他在说些什么——因为紧接着我就听见他说："明天见，好吗？"

"啊？"

"明天和我们一起坐船出海。我们有一条船，叫'半途'。"

"我明天要上学。"

他大笑起来，露出一口整齐完美的牙齿。

"那么，随时都可以来。我们总在附近。也许星期六。除非你太害怕不敢来？"

一辆车对着我们按喇叭，我们都被吓得跳起来。

"我得走了。"他平静地说,突然变得很严肃。

我看着那辆车。司机正直勾勾地盯着前方,双手紧紧地握住方向盘。

"那是你爸爸吗?"

泰点了点头。"是他。"他把烟头扔在地上踩灭了,朝那辆车慢慢跑去。我唯一能听见的是自己的心怦然下坠的声音。车门还没关好,那辆车就呼啸而去。

我在心里一遍遍默念着他的名字。泰维·麦肯齐。泰·麦肯齐。泰·麦肯齐。艾希·麦肯——我及时制止了自己的胡思乱想。

12

午餐时间我一个人留在学校图书馆用谷歌搜"自由潜水"。我发现它也被称为屏气潜水或闭气潜水。搜到太多相关的网站，我不知道该从何下手。互联网上能找到的东西太惊人了，几天之前我压根没听过自由潜水，现在我已经知道有好几种不同的自由潜水方式，还有根据潜水的深度，是深潜还是仅在海平面浮潜，是否使用脚蹼，是否利用加重块来下潜等等。还有相关的论坛。我浏览了一下论坛上的评论：

scubasam69：嗨，我真的很想试试自由潜水！安全吗？

Free-diver1：取决于你对安全的定义。如果潜水的人不是个白痴的话那么挺安全的。不要在论坛上问这种愚蠢的问题。如果你真的感兴趣的话可以去研究一下，再问点像样的问题。很高兴帮到你。Free-diver。

Poseidon_Seagod：嘿 scubasam69！哥们，这很安全。我去年第一次潜，现在我已经能潜到50米深了。从来没有昏过去。

Pixie2Pink：不要玩！自由潜水并不安全。我强烈建议你不要尝试这种危险的运动。每年都会死人。每年。你们这些人真是太蠢了。你们就不能考虑一下那些要去该死的海底打捞尸体的人的感受吗!

Free-diver1：Pixie2Pink，让我跟你好好掰扯一下。自由潜水不会比足球或橄榄球更危险。还比自行车和登山更安全——如果你是用死亡率来评估的话。自由潜水的安全性由你自己决定，跟其他运动一样。照规矩来，清楚自己在干什么，绝不要独自潜水。Free-diver。

Scubasam69：谢谢Free-diver1和Poseidon_Seagod。我的朋友们都不太感兴趣，我似乎除了自己去也没有太多选择了。不过我估计可以先在本地的泳池里练练，救生员会救我的！哈哈！潜水快乐。

Free-diver1：Scubasam69，不要让我在公共论坛上骂脏话，好好读读规则。谢谢。Free-diver。

我没有点击那个链接——规则是给失败者的，就像鞋子。我想起泰光脚踩在冷水中的样子，鹅卵石肯定会硌到他的脚板底。

艾迪在我体内扭来扭去。我关掉了所有窗口。不是现在，艾迪，我无声地恳求他。他现在钻到了桌子下面，抓住我的腿，在央求我跟他玩躲猫猫。可是他不想让我找到他，他还想让我也一起躲起来。这样就没有人可以找到我们了，他说。

虽然午休已经结束了，我还是在那里又待了一会儿，直到图书管理员发现了我，罚我课后留下来，因为我逃了英文课。

13

"你的女朋友怎么样了？"我问迪伦，那晚只有我们俩在家，他坐在厨房的餐桌旁，我在做晚餐。这种情况最近很罕见。放学后，他不再等我了，而是和劳拉一起开溜，让我自己去对付艾尔莎和她的狗腿子们，她们朝我吐口水，还骂我狮子狗脸。迪伦把我扔下独自去偷欢真的很不够意思。

迪伦看上去闷闷不乐，抠着桌上的一个污点。

"最近你可没少和她在一起啊，不是吗？"

父亲进来打断了我们的谈话。

"肉酱快要煳了。"他对我说，一边从平底锅里挖了一勺通心粉尝了尝。他挨着迪伦坐下，嘴呵着气。

"你不是在浪费你的学习时间吧，哥们？我知道你是成年人了，你有权做自己想做的事，但你可不要为了一个小丫头把自己的大好前程浪费了。"

迪伦抬起头看着他，眼神里带着歉意，这让我很恼火，迪伦应该让他不要多管闲事。

"她帮我学习,"迪伦说,"而且她比其他同级的女孩都要成熟。"他直视着我的眼睛。劳拉其实比我还小一岁,因为我留了一级。我对他翻了个白眼,可能这正好证明了他说得对,不过我不在乎。

"好吧,只要你的成绩保持名列前茅。我相信你。"父亲说。

他说这话的口气听起来其实是在说:我说了我相信你,所以你必须得服从我。

是时候玩个游戏了。我想烦烦迪伦,也顺便为自己探探口风。

"你和劳拉都去哪儿了?她家么?她是不是住在罗斯马基海岸那里?"

迪伦瞪了我一眼,我的计划成功了。父亲马上跳了起来。

"你待在屋里了,对吗?你没去海滩吧,嗯?"他问道。

"没有,爸爸。不要担心,我不会去海滩的。"

"好的,很好。"他挠着自己的耳朵,"我的意思是,海滩还好,但是那里的海水变幻莫测,不像仙隆里普安特的那么平静,我猜。"

他说起仙隆里普安特的时候有些心虚。在迪伦回话之前有片刻停顿。

"爸爸,我很久没有游泳了。"

"是,我知道,"他说,"好的。艾希,通心粉好了吗?"

我把通心粉端上桌,妈妈进来了,父亲吃了起来。迪伦几乎没怎么吃,他不停地搅拌着通心粉,把肉酱刮在盘子上。肉酱其实并没有煳,我不知道他为什么那么做。最近他似乎开不起玩笑。而且我不是直接去父母那里告密说他去了海滩。父亲的意思很明确,去罗斯马基的海滩没关系,只要不下海去。如果罗斯马基的海滩可以去,那么港口也应该可以。

55

14

艾迪失踪的第二天,迪伦和我去普安特找他。迪伦让我在海滩上等他,但我跟他一起下了海。他游得太快了,我跟不上他,在海浪里挣扎着向前,越往前游海水就越深,这些都让我害怕,但找不到艾迪我不想停下来。

"你能看见什么吗?"我一直朝着迪伦喊,但他离我太远根本听不见我的话。雨在海面上形成了一层水雾,视线愈发模糊。

每次我游出大浪,它会马上把我卷回去,我必须再次努力往外游。我的手已经麻木了,怎么划水都不能让我向前,我越来越疲惫,无法一直抬起头来。一大片海藻漂浮在我脖子旁边,每次我推走一片就会有另一片贴上我的皮肤。我被水团团围住,冰冷彻骨的水,让我感觉脑袋被砸开一样疼。有那么几秒钟,我认为自己不可能游回岸边了。我心想:是我活该。但潮水把我推出水面,我又勉强挣扎着回到岸边。我一抬头就看见父亲正朝我跑来,喊叫着,他的脸气得通红。他一把抓住我的脖子把我拎上岸。我的手指变成了蓝色。

"他可能在水里。"我声音沙哑了。

"你们在干吗?"父亲尖叫起来。

然后迪伦也上了岸,大叫着让父亲放他去。我们三个人被海水和雨水浸得都湿透了,对着彼此号叫。我还记得父亲看着我时刷白的脸——是被洗得掉色的那种白。

"你们不准再来这里,你们俩哪个都不行。听见了吗?你们都不准再来这里。"

"我只是想找他,"我哭喊着,父亲把我从海滩拖到了停车场,"我想要跟他道别。"

车里很温暖,我看着迪伦跑回卵石滩,像一条狗在找骨头一样在石头堆里扒来扒去,直到父亲也把他架回了车里。

后来,警察来了。迪伦和我藏在楼梯下面的壁柜里,偷听他们和爸妈说些什么。我们只听到了几个零星的词,如"取消"和"太危险"。然后我听见了自己的名字和模糊不清的话,我打开壁柜的门想听得清楚些,迪伦用手捂住了我的嘴。

"不,我很抱歉你们现在不能跟他们谈。他们现在太难过了。"父亲说,他的声调抬高了,"我们已经把所有的事都告诉你们了。发生得太快,没有时间……"

迪伦把门拉上了,所有的声音都又闷闷的。

"他们不再找他了吗?"我问迪伦。

"嘘。"

"他一定会非常害怕。"

"他现在不会害怕了,"迪伦说。

"他会怕。"

迪伦把他的手捂在我嘴上,他说我们不能被他们听见。然后轻轻对我耳语,会有一个天使带着艾迪回到我们身边。过了几分钟以后,我说:"迪伦,我已经不是四岁小孩了。我知道根本没有天使。而且艾迪也知道。他还知道根本没有圣诞老人或者牙仙。"

"是你告诉他的?"

我耸了耸肩,但太黑了,迪伦看不见。

"迪伦?"

"什么?"

"哪儿都没有爸爸。"

"嘘。"

"迪伦,他去哪里了?"

"他在那里。你找错了地方。"

一团灰尘呛得我咳起来,但迪伦不让我出去,虽然我很想去厕所,而且真的很饿。我们从昨天早饭以后就没吃东西。"迪伦?"

"什么?"

"是我的错。是我把他搞丢了。"

"不。"迪伦使劲摇晃着我的肩膀,我疼得要哭了。"不是你的错。你永远不要对任何人那么说。那只是个事故。答应我,你不会再对任何人说那些话。"

我答应了,做了一个用拉链拉上嘴唇的动作。我那时还不知道我们的沉默会持续一年。我听从迪伦的指示,他会让我知道什么时候可以说话。过了几个月之后,我们还是拒绝说话,妈妈对所有人说我们得了慢性咽炎。那年我们喝了很多咳嗽药水,频繁地去看医生,医生总是问我们感觉怎么样。

警察走了以后,我们从壁柜里爬出来,但爸妈还在说话。

"为什么是他?"爸爸说,"为什么会是他?"

15

星期六，我直接去了港口。我还没看见船员们的身影就听见了他们的声音。他们的声音随着潮水的涨落起伏着，高低不同的调子，都想成为最大声的那个。我拐进港口的时候看见他们中的一个——雷克斯，我猜的，根据发量的多少——正从港口的围墙上跳入海里。他头朝下猛扎下去，腿直直伸着呈V字形飞在空中。他似乎在空中停留了一小下，像一颗黑色的星星嵌在蓬松的白云朵朵的天空中，然后啪地落入水中，溅起水花，其他人开始起哄。这时有个人大喊："下一个我来！"

天空太明亮，我不得不眯缝着眼，但我看见两个人站在了墙上。其中一个肯定是泰——我能认出他肩膀的线条——另外一个看上去像乔伊。感谢上帝，丹尼，那个坏家伙不在那里，除非他已经在水里了。我把下巴缩进夹克的衣领里，保护我的脸不让风吹到，然后顺着那条泥泞小路走向他们。我瞄了一眼俱乐部，大门紧闭，看不到里面。

"艾希！"泰对着正往港口的墙头上爬去的我大叫。他的潜水服闪闪发亮，脸颊红通通的。"看这个。"他把手里的香烟弹出去，就转身融入了蓝天里。我屏住呼吸，看着他腾空、翻转、旋转又旋转，然后消失在水里。

乔伊是下一个。他直接起跑俯冲入水,溅起了一小片水花打在墙上。他们都爬上了梯子,胶靴在墙上留下一串湿脚印。

"你可以当我们的裁判,艾希。谁跳得最好?"泰瘫坐在墙头上,点燃了一支烟。

我拿了一支他的烟,在他旁边坐下。

"挺自觉啊,"他讽刺道,一边甩掉头发上的水,他的头发蓬起来,我憋着不笑出声。

"你们不去船上吗?"我问他,猜想哪一艘船是他们的。

"等一小会儿。我们在等丹尼弄完地窖的活。"泰说。

该死,真是坏消息。我打赌他一看见我就会让我滚蛋。

"你应该根据谁掉下去的动静最大来评判,"乔伊说,伸展着身体,"我觉得我赢了。"

"白痴!"泰说。

"蠢货!"乔伊骂回去。

我深吸了一口烟,他们在互撕,我就自娱自乐。

"我说不准。你们可能需要再跳一次。"我说。

他们排成一排的时候,丹尼从俱乐部那里出来了,穿着一件白色T恤朝我们走来。我假装没有看见他。雷克斯又是第一个跳的,在天上划出一道星的弧线,在空中的最后一秒把身体抱成团。

"噢,耶!"他终于浮出水面的时候兴奋地大叫。乔伊和泰同时跳了下去,一百八十度后空翻,几乎同时入水,不过乔伊溅起大片水花,泰几乎没有发出任何声响。

雷克斯吐出嘴里的水。"轮到你了。"他对我喊道。

在海边走走没有关系,但你不能下海。我摇了摇头。"我才不跳,"

我扯着嗓门喊，声音被风吞没了。

"胆小鬼！"泰发话了，"来吧，不会有事的。我会抓住你的。"

我往前一步，从边缘往下看，白色的泡沫在墙的下面打着转。至少有三米高。我试着不去想水面下的海藻——那是巨型海藻，最糟糕的那种，又厚又滑腻。

"来吧，艾希！不要那么娘。"雷克斯尖着嗓子起哄，拍打着水面，在他周围搅出一圈白沫。

"好吧，她就是个姑娘。你还期望她能怎么样呢？"泰对着雷克斯喊道，伸出手臂做出接住我的姿势。

这时丹尼顺着台阶爬上了墙。我很确信他一定会阻止我。

"想都别想，艾希，"他喊道，"你会受伤。"

对于疼痛他了解多少？其他人一直在起哄让我跳水，大喊激将我，嘻嘻哈哈揶揄我。他们认为我不敢跳。失败者。丹尼上来了，他的脚印越来越近。现在不跳就不会跳了。

"好！让路吧你们。"我无法相信自己真的要跳。我拉下外套拉链，手在发抖，踢掉了我的运动鞋。但我没脱袜子，希望它们能让我的脚在冷水里暖和点。他们在下面欢呼着——泰叫得最大声。

"不要……"我听见丹尼在背后喊我。但是太晚了，我已经冲出了墙的末端，我在飞，在下坠，水面拍向我。

水的冰冷一下子击中了我的身体，像成千上万的玻璃碎片刺穿了我的骨头。我的头被四面围来的液体摁住，被狠狠地往下压，寒意侵入大脑。我感觉自己的眼珠被挤得要掉出眼窝似的，被海水刺得生疼。我是头朝下入水的，眼前的海水看上去是一片巨大无边的漆黑，无论看向哪个方向都一样。我蹬腿，使劲划水，想把自己拉出水面，但水只是从我的指缝里穿过去，就像在冰冻的凝胶上爬一样徒劳。我的胸腔在膨胀、颤抖不已,整个身体都快要痉挛。我要死了。让我呼吸。快让这一切结束吧。

然后,我的大脑突然静默下来,这种宁静越变越宽广,我任凭水流挟裹着我。我的身体微微地颤抖着,像一片零落的浮萍海藻,漂向茫茫未知。

一道灵光射来,就像灯泡炸裂。轰隆一声巨响,我回到了艾迪失踪的那天,焦急地寻找着,水已经淹到我的腰。迪伦正拼命往岸边游去。他站住了脚,又朝我的方向蹚过来。因为跟水流搏击,他脸颊通红,满是疲惫。但是,我发现他并没有看我,他往自己的左边望出去,望向灯塔。

"迪伦,"我冲着他喊道。潮水汹涌,我的声音显得异常微弱渺小。

"迪伦,他在那儿,这边。"我指向水里艾迪站的地方。

"现在不行,艾希,"他喊回来。他费力地向前挪动,大腿奋力对抗着不断涌来的海浪。他能看见什么?艾迪在那边吗?

"你能看见他吗?"我叫道,向迪伦的方向前进。浪头把我冲得团团转。

"我得找到她。你看见她了吗?"

"什么?迪伦,艾迪在那边吗?"我又问。

迪伦转向我,呼吸沉重。他停下来,在海水里搜寻,又搜寻沙滩。

"艾迪在哪儿?"他焦急地询问。

我指向水里,他脸上的血色骤然褪去,变得苍白。他一个猛子扎向我,扑腾起一片水花。我们同时钻进水里去找艾迪,彼此的手臂和腿缠到一起。我在水下待不了太久。等我浮出水面换气的时候,我是一个人。我用目光搜寻着水面,接着又扫过沙滩。爸爸不在我们刚刚离开的地方了。灯塔上有几个人趴在栏杆上观看海豚,但是他不在其中。我呼喊着他。我呼喊着求救。

"把她拉上来,"我听见,那是丹尼的声音。接着是泰在说:"没事的,我们抓住你了。"一只手臂搂着我,不知是谁的脸颊紧贴着我的脸,他们的呼吸在我的耳边起伏。

又是一道闪光——父亲正跑向我,手里拿着一个蓝色的东西。

我睁开眼,只看见一片天空。

"我的腿,"我轻声啜嚅。我感觉不到我的腿了。男孩们把我拖上沙滩,我能感觉到鹅卵石在背脊下滚动。他们让我躺在地上,干枯的、带刺头的海藻扎进了我的头皮里。我猛烈地颤抖起来。

我感觉全身都着火了。

16

在俱乐部的屋子里,我们围坐在桌边烤火。我的皮肤很烫但我一直在抖个不停。米克拿来一条毛毯搭在我的肩膀上。一杯热巧克力放在我的面前,冒着热气,但我累得伸不出手去。男孩们很安静,喃喃自语,目光都盯着我。

"我在水里待了多久?"我问道,没有看任何人。

是泰回答了我。他先咳了一声。"不是很久,大概十分钟,或者十五分钟吧。我们很快就抓住了你。"

我看着他,他正皱着眉头。他的回答让我大吃一惊——感觉上要久太多。就像艾迪在水里的时候,几秒钟好像几分钟,几分钟则像几个小时那么漫长。

丹尼把一个白色的东西插进我的耳朵里,它发出哔的一声。我闪躲了一下。

"放松,"他轻快地说,"我只是要测一下你的体温。"

泰一直在注视着我。

"你会没事的。"丹尼把椅子往后推,椅子刮着地面发出刺耳的声音,让我的牙齿感觉发酸。"你没有发烧。你住在哪里？我开车送你回家。"

我的嘴巴还不受控制；下巴还是木的，我没法说出话来。

"麦凯伦大道，"米克说，"墓地旁边的那座房子。"

我瘫坐在椅子里，惧意瞬时传遍全身。我太蠢了，竟然认为米克不知道我是谁。大家都认识曼恩家的人。当年搜寻艾迪的时候，我们的房子上过当地报纸。还有我的脸——我父母把他们能找到的有艾迪的第一张照片给了警察，那张照片有点虚焦，是我和艾迪两个人在沙滩上，我们手挽着手，艾迪朝镜头举着一块鹅卵石，咧嘴笑得有点诡异，他的脸因为照片过度曝光白得像幽灵一样。一开始他们登了整幅照片，几天以后把我剪掉了。画面里留下的只有我的手指，紧紧地抓着艾迪的手臂。

我看见丹尼眼里的惊慌一闪而过。他旋即跑到吧台旁边，揉着自己的脸，好像在考虑该怎么办好。他的反应让我不解。大多数人在意识到我是谁以后就会变得沉默，但是很快他们就会对我特别友善，好像他们提高声调我就会碎裂一样。他们通常不会表现出担心或者愤怒。

我真希望闭上眼睛就能让自己消失，但我忍不住瞥了泰一眼。他嘴唇微微张着，似乎在很努力地思考着什么。他不可能知道。这件事发生的时候，他甚至还不在这个地方。他在吗？丹尼沉重地走回我们身边抓起了我的胳膊。很疼，但我什么都没说。我猜他很烦，因为他必须照顾我。

"来吧，艾希，"丹尼说，"我开车送你。"

"我和你们一起去。"泰站了起来，绕过桌子。但是，丹尼伸出手按住了他的胸膛。

"你惹的事已经够多了。"

"对不起，艾希。"泰说，"回家吧，让自己暖和起来，好吗？"

65

他微笑着,我觉得心里涌起一股暖流。我已经原谅他了。

丹尼平稳而缓慢地开着车,双手扶着方向盘。他就像年长版、强壮版的迪伦,他们都有修长的脖颈,下巴上有金色胡茬。甚至他教训我的样子都像极了迪伦。

"你刚刚差点给自己惹上大麻烦。"

"我没事。"

"听着,我觉得你不该再去港口了。我猜你父母如果知道你跳水的事一定会不高兴的。"

"不过,他们不需要知道,对吗?"我说。

他噘起了嘴,"这个地方没有秘密。"

听起来像是个威胁。我用手捋着自己结了冰的头发,以一种无所谓的姿势,至少我希望表现出这样的感觉。他看上去不像有胆量敢贸然出现在我家门口,告诉我爸妈他由着我从港口的墙上跳了下去,跳进冰冷的海水里,要人命的海水里,对吧?

"我为什么以前没有见过你?"我问道。

"我不清楚,"他回答道,"也许你没有仔细看。"

"你不在这里上学吗?"

"因弗内斯。我以前和我妈妈生活在一起,但是周末通常都在这里过。直到我爸爸决定开一家潜水俱乐部,我才搬来黑岛。"

当我们停在我家房子外面时,他盯着大门看了一会儿。然后,他帮我解开了安全带,并且直接伸手越过我打开了我的车门。这让我感觉透不过气来。在我集聚起身的力量时,他一直凝视着我。

"不要再去港口,好吗?我不希望你受伤。"

我感觉眼皮很重,但我还在抵抗。我不会告诉他,在水里时有那么几秒钟,是这五年来第一次,我感觉自己所有的痛苦都消失了。

第二部

科林:猜海浪对海浪说了什么?

西莉亚:我不知道,海浪对海浪说了什么?

科林:什么都没说。它只是挥了挥手。

1

我把妈妈的指甲涂成和我一样的摩卡色。我们坐在餐桌旁，望着窗外，在等父亲开完周六的"面谈会"回家。很多人都想在周六谈贷款，但我很确信大部分银行下午两点就停止营业，而现在已经快五点了。妈妈的额头上不时渗出汗珠来。我还感觉身上忽冷忽热，这就是冒傻气把自己丢进北海的后果。

"那人是谁？"妈妈问我，注视着丹尼之前停车的地方，"你的男朋友？"

"只是普通朋友。"

她把头凑过来。"我觉得你不应该跟他在一起，他对你来说太大了。他和你这么小年纪的孩子混在一起很奇怪，我不信任他。"

"他才十八岁，和迪伦一样大。"

不过妈妈说得没错。他总是很神秘，而且他知道的太多了。我一想起他嗓子就发痒。

妈妈举起手上的孟买蓝宝石金酒，这是她两天前刚买的，现在已经没了半瓶。她咕咚咕咚地喝着，放下酒瓶的时候，眼里含着泪，但脸上的神色却异常平静。

"来，你也喝点。"她说，"有时候你看起来跟我一样可怜。我们不要再为那些男孩伤神。"她又灌了一大口酒，然后把酒瓶重重地放在我面前的桌上。

"我以为你和爸爸都没事。"

"永远不要自以为是，"她说，"永远不要认为一切都好。"

抿了第一口金酒，我就干呕起来。她仰头大笑着说："要慢慢喝，才喝得惯它的味道。"

我希望自己能习惯这种味道。我取来一个玻璃杯给自己倒上一些。

我们就这样坐在桌边，日光投下的长长的树影映到厨房里，摇曳着，我们的身影都显得黯淡。

她大口喝着，我小口抿着，慢慢习惯了酒精穿过喉咙时的灼烧感。我又给自己倒上一些，她没有阻止我。

"我很想她。"她突然说。

一开始我还在思考她说的"她"是谁，马上就回过神来。有时候，我几乎忘了外婆已经不在了这件事，我和艾迪九岁的时候她就不来看我们了，所以我已经很长时间没有见过她。爸爸说她在艾迪失踪以后来过一次，那天我一定是在学校。

"嗯，我也想她。真不敢相信她已经不在了。"

妈妈陷入了沉思，似乎沉浸在一些美妙的回忆里。她从未说过她的童年，除了告诉我们她很小很小的时候，一切都非常美满。

"外婆为什么离开黑岛？"我问道，认为这是一个很好的切入点，也许妈妈会对我敞开心扉。此刻她看起来想要倾诉。

"因为那座桥。"她说，仿佛已经给出了全部答案。

"桥？为什么？发生了什么事？"

"因为造起了那座桥。"

答案让我惊讶。一座桥竟然能让一个人离开自己的家乡。没造这座桥之前，开车去因弗内斯需要先开到半岛的最北边，再顺着入海河口折返回去。不过对我来说那座桥一直都在，所以我不明白它的存在改变了什么。我们现在也不太走那座桥了，只是感觉那座桥让我们看起来没有被世界遗忘得太彻底。

"造桥难道不好吗？"

"外婆认为不好。在她眼里，桥意味着会引来很多人。旅游的人，城里人。陌生人。她一点也不喜欢。她之前搬到黑岛就是为了躲开所有人。她喜欢离群索居。"

"不会觉得太与世隔绝么？"

妈妈又抿了一口金酒，抬头看着天花板。

"我们以前经常在土堤边玩。每到周末我们就去那里。我从那里眺望大陆，那时候会为自己在这一边感到骄傲，感觉自己很特别。我妈妈在桥建起来以后又待了一两年，但她还是适应不了。她想要过安静的生活。"

我想象不出还有什么生活能比住在这里更安静。而且现在我很喜欢旅游团来。他们不认识我，我混在他们中间很轻松。

"妈妈，你和外婆为什么不说话了？"

我抿了口自己的酒，等她回答。

"我搞砸了，艾希。我犯了一个可怕的错误，后果很严重。"

"什么错误？"我往前倾了倾身子，轻声问。

"我想告诉你一些道理。绝不要让你生命中的任何人在去世前都无法原谅你。还有，艾希，不要犯跟我同样的错。"

"什么错？"我又问道，但是她换了个话题。

她又给我讲她生迪伦的时候我的父亲却在世界另一边的往事。

"我一直打电话去船上。我的男人,总是在最后一秒才出现。"她愤愤地说,"而我守在这里,十八年了,到现在还在担心他会不会不回家。"

"他会丢下我们吗?"

她看着我,"他会丢下我。但是他不会丢下你们。"

说着她开始发笑。我想从她手中夺下金酒,但她紧紧抓着酒瓶不放,对我说她是一个坏人,而且所有人都这么想。每次她变成这样都让我害怕。她只要一喝得摇摇晃晃,我就担心她会突然栽倒在地上。可她就像肚子里有个不倒翁一样,总在我觉得她就要倒下的时候,又弹了回来,眼神直愣愣的,脸蛋通红,呵呵傻笑。

"我想艾迪。"我说,希望能和她谈谈关于他的事。

"嘘——"她对我说,"艾迪睡着了。"

艾迪根本没睡。他正坐在洗碗池里,对着窗外的星星自言自语:"那里有一只熊。"他转过身,轻声对我说:"艾丽,我们没再看见过流星了。那我们怎么许愿呢?"

爸爸直到半夜才到家。妈妈已经睡着了,趴在桌上,双手垂下来挂在两边。我想起身去看看爸爸,但一抬头就感觉厨房前后摇晃得厉害。我试图支撑着站起来,却一下子滑倒在地板上,苦胆汁直往喉咙里涌。他发亮的皮鞋正要踩在月光下,我却没忍住,将一口秽物全部吐在了上面。

2

屋外寒鸦叽叽喳喳，远处传来教堂礼拜日做弥撒的钟声。我头疼欲裂，下不了床，楼下飘来的培根味道让我反胃。妈妈知不知道我到底喝了多少酒？也许她认为我杯子里的只是水而已。我伸手够床边的记事本，列下一个新的单子。

关于那天我想起来的新线索：

1. 迪伦没有游回去找艾迪。他那时在寻找其他人。找出那人是谁。
2. 艾迪失踪的时候，爸爸肯定不在沙滩上。找出他去哪儿了。
3. 我晕倒以后，爸爸向我跑过来时，拿着一个蓝色的东西。找出那是什么。

我没有更多的线索了，但是有两件事我很确信。迪伦和爸爸都隐瞒了一些事，只要我能潜到水底，记忆就会回来，我能记起更多细节。回想我的第一次记忆闪回，是发生在普安特的岸上——那只是一些记忆碎片。我相信真相就潜伏在这些记忆碎片背后。

父亲在敲门,我把记事本胡乱塞在被子里。

"早饭好了。"他说,并没有看我。

"我不饿。"

"你妈妈也说不饿,"他答道,"这点你们倒是一样。"

他看着自己的鞋。我不知道他为什么没有训我。也许培根就是对我们的惩罚。

他走到我床边的窗户下。

"有一股冷飕飕的穿堂风,"他嘟哝着,使劲把窗户拉进窗框,弄了一手泥灰,"这个地方简直摇摇欲坠。"

我缩进被窝里。他离开的时候说:"顺便说一声,你被禁足一个星期。"

我恨他。

另外一个问题在我脑中打转。泰知道艾迪的事么?如果他知道了,是不是件坏事?是的,我回答自己。如果泰知道艾迪的事,他一定会对我丢失的那一小段记忆心存疑虑,耿耿于怀。

3

这一周过得极其缓慢。妈妈总是在哭，但她没有再给我金酒喝。迪伦总是在我醒来之前就已经出门了，他要先走到劳拉家，再陪她一起走去学校。他甚至连晚饭都不回来吃。虽然我因为金酒的事被禁足，但爸爸总是工作到很晚才回来，所以即便我每天放学后都去港口，他也不会知道。

我在船屋等泰，但他一直没有出现。我知道他一定去过，因为我发现了一副泳镜和一双潜水靴，橱柜顶上搭着一条臭烘烘的毛巾。我想丹尼肯定已经把所有事都告诉了他，他一定不想再和我有瓜葛了。总是如此。没人想和弟弟死了的女孩做朋友。如果她哭了怎么办？如果她想要谈论那件事怎么办？如果她很怪异神经兮兮怎么办？我真想再回到水里去，这样就能回忆起更多的事，能再重温那个没有任何痛苦的时刻。

星期五，妈妈去上班了，为了躲过数学测验我逃了课。上午我要去超级药店帮妈妈买东西，然后回到家把东西分类放在她的床上。摩卡色口红和几只不同颜色的指甲油。还有一支睫毛膏。因为我很赶时间，就顺手拿了离我最近的一支，幸好是她可以用的浓密丰盈型。午餐我吃了一份薄起司三明治，涂了黄油还加了腌黄瓜。我拿出藏在夹克口袋里偷出来的薇婷脱毛膏，把腿架在浴缸边缘，在腿上涂满泡沫，一边抽着烟一边刮。刮完以后我洗掉泡沫，把腿毛冲进下水道，清洁了水槽，刷了马桶，在厕所里喷上柠檬味的清新剂。

接着，我去了迪伦的房间。这么多年了，进到他的房间里还是感觉怪怪的。我不知道迪伦是怎么应付过来的，窗户底下的那一大块空地，那里曾经是艾迪的玩乐区。

我躺在地上，把头钻到迪伦的床下。下面有食物残渣，在地毯上结成了一层硬壳，污迹应该是顺着墙流下来的。这场景让人反胃。床底下堆着一箱箱的书和杂志，还有发霉的袜子，但迪伦的旧潜水服不在这里。我又去翻他的衣柜，味道也很难闻。顶上的那层是空的，积着厚厚的灰尘，底层则整齐地摆放着一排鞋子。我拽出他常穿的那件帽衫，想搜搜口袋里有没有钱。不知什么黏黏的东西粘在我的手指上——是通心粉起司。一股变质的臭起司味，把我恶心得想吐。我真的快哭了。

这时我发现那件潜水服就挂在衣柜的角落里。我拎起它的一只袖子闻了闻，有股霉味，闻起来像旧靴子。但我还是把它拿去浴室费劲地穿起来。实在是太紧了，从屁股那里往上拉的时候手指被弄得好疼。当我终于把背后的拉链拉上，身体立刻被衣服紧紧地包裹着，我感觉很温暖，很开心。我屏住呼吸。三十秒，我的手臂开始抽搐，到了四十九秒，我已经憋不住了，大口喘着粗气。我回想着自己难过或者生气的时候是怎么憋气的，不过只坚持了二十秒左右就不行了。重新深呼吸了几下，我又试了一次，时间一秒一秒过去直到脸涨得通红。坚持了六十秒。只有这么短。但我已经筋疲力尽不能再尝试了。

4

等天气开始回暖，或者也许更早，黑岛上的少年们就会开始在普安特的灯塔旁办派对。其实我从来没有收到过邀请，但有时候我会跟踪迪伦去，然后躲在暗处。今天的这场是今年的第一次派对，虽然还没到五月，但迪伦试衣服时换了三件衬衫。最终他选了一件真的很丑的棕色衬衫。他的头发喷了发胶，一丝不苟地全竖在头上。迪伦在屋里跟爸妈撒谎的时候我正在门口晃悠，他说自己要去劳拉家，而且她的父母都会在，他们约好了一起吃晚餐。我等爸妈回厨房以后，就跟在他后面一起离开了。

等我终于走到那里，派对已经挤满了人。为了避开墓地，我绕了很远的路。派对上大部分是中五和中六的高年级学生，只有几个和我同级的，但她们都有高年级男朋友。大家都坐在自己的毯子上，拿了装满啤酒和伏特加的保温袋。学校的 DJ 马丁·詹森正站在他的那堆装备中间，一只手在搓唱片，另一只手在空中打着节拍。一群女生围在他身边斗舞，纷纷炫出自己最拿手的舞步（都很丑），他倒是看得直流口水。劳拉躺在艾尔莎·菲兹杰拉德身旁的一张毯子上。她跟迪伦打了个招呼，迪伦就过去在她们俩中间坐下，一手搂着劳拉。艾尔莎递给他一罐喝的，但迪伦摇了摇头，从自己口袋里拿出一个小瓶。也许是伏特加。或者是金酒。他有次告诉我这些酒的卡路里含量最低。音乐声越来越响。

我走上去，坐在艾迪的十字架旁，和他待在一起。今年的蚊子出现得比往年早，我把帽衫的拉链一直拉到顶，领子遮到了嘴巴上，这样它们就咬不到我了。真后悔没在水壶里倒些妈妈的金酒带来。至少能让我感觉暖和点。

如果海滩上的人抬头看，一定能看见有人在这里，不过他们也看不清我是谁。然而并没有人往上看。我在海滩上的人群中搜寻自己熟悉的面孔。搜寻泰。搜寻丹尼。

没多一会儿，泰就突然出现在我的视线里。他正朝我走过来。

"艾希·曼恩？"他脱掉风帽，低下头看着我说。我抬起头来。

"你怎么知道是我？"我问道，冻得浑身发抖。而且，他怎么会知道我的姓？警铃拉响。他一定知道了。

"直觉而已。我可以跟你一起么？或者说你在享受一个人的派对？"

"随便你。"我说，感觉已经在自我保护，"但是派对在海滩上。"

泰望着下面的海滩，皱起眉头。

"我知道。我刚从那儿上来，这是我去过的最糟的派对。从头到尾都很没劲。"

"那你觉得好派对应该是什么样的？"我问他。

他耸了耸肩，在我身边坐下——在我和艾迪中间。我想离开这个地方，一时间没想到好借口。

"那么，丹尼怎么说的？"我问。

"说什么？"

"关于那天的事。他把我送回家以后,有没有说什么?"

"没,我没见着他。"

"哦。"我说,松了一口气。不知道什么原因,丹尼一定打定主意对艾迪的事保持沉默。

"我去港口找了你好几次,但你都不在。"我说。

"我知道。米克说看见你鬼鬼祟祟的。"

该死。我应该更小心点的。

"我才没有鬼鬼祟祟。在你来这儿之前,我就常去港口。"

"我知道。"

"好。你知道就好。"

"行吧。"

"那,你干什么去了?"我问。

"干吗?"

"就问问。你知道,聊天,就像别人一样。"

"没干什么。忙这忙那。"

我叹了口气。"好吧。算了。"

聊得不太好。我不知道他为什么这样说话,口气好像我们刚吵过架一样。

"如果你不想跟我说话,你为什么上来?"我问。

"放轻松。"他说,把手放在我的手臂上,微笑着。

他的眼神柔和下来,瞬间融化了我。为什么这个很难交流的人却能让我有种心动的感觉?

"我是来看看你好不好。特别是在你的自杀计划失败以后。我没有你的电话号码,不然我一定会打给你。"

"我没有电话号码,"我说,"我是说,我没有手机。"

"手机是给失败者的。"泰脱口而出。

他从口袋里掏出自己的手机,随手朝大海里扔了出去,激起了一个小浪花便没了动静。我张大嘴巴吃惊地看着他。

"你刚刚是扔了自己的手机吗?"

"嗯,反正也没有人可打。你最近还好吗?"

"那个……我还行,托你的福。"我答道,假装还在生气,其实我在想他刚扔掉了一个很贵的手机,虽然不知道他这么做是为了我,还是他总是干这种疯狂的事情。

"我很抱歉。我不知道你真的会跳。"他说。

我们在沉默中坐了一会儿。音乐暂停了一下,我听见海水冲刷着鹅卵石滩,发出模糊的声音,好像在说"嘘"。风吹得我头疼,我也有点困了。我打了个大哈欠。

"冷水刺激。"泰说。

"什么?"我又警觉起来。

"人的脸上有很多微小的温度受体。当你的脸浸入冷水里的时候,心跳就会变慢,血管会收缩。那是你的身体在节约氧气消耗,好把氧气留给你的大脑和心脏,并会阻止你吸入空气。这就是上次你跳下水后为什么会发生那种情况。"

"噢,好厉害。你为什么不早跟我说,比如我跳下去之前。"我回他。

这个解释听起来耳熟。我之前在做生物课的家庭作业时应该在哪读到过。人体知识是我们在学校学过的唯一有趣的东西。我曾经做过一个有关婴儿的项目,关于他们如何在极端条件下生存。比如说在冰冷的水里。

"哺乳动物潜水反射?"我问道,很吃惊我居然想起了这个词,"水獭和海豚就是靠这个才能在水里待那么久。"

泰对我笑了一下，摊开身体，伸直他那修长的腿。

"对，"他说，"只是我们人类不是很擅长利用它。"

他向我挪近了一点，然后深深地注视着我，这让我很紧张。

"听着，我真的很抱歉，"他说，"有些事我应该告诉你。"

老天。终于来了。他肯定是要告诉我他知道我是谁了，而他不想跟我扯上关系。我实在是太失望了。我要杀了丹尼，只要有机会的话。

"好，尽管说吧。"我告诉他，心里已经放弃了，准备随时跳起来离开这里。

他说话的时候一直盯着地面。

"我不应该怂恿你跳下去。"他说道，"我真的很后悔，但当你跳下去的时候，我其实很开心。我心想，这个女孩真有种。"

"有种？"我重复道，不太确定这话是什么意思。

"对，你懂的，有勇气的意思。"

"我知道'有种'的意思。"

"好吧，那么，我就是想说这个。"

什么？这个人的聊天方式真是太奇怪了。我有点怀疑他是不是嗑了药。又或者他就是不喜欢和别人说话。如果他想安静地坐着，我也不会介意的，至少那样我就不会有机会说蠢话。

"我的咽炎已经一年了。"我说，希望他能明白我真正想表达的意思，那就是他其实不需要找话说。

"什么？"泰的耳朵动了一下，他把手放在喉咙上轻轻地抚摸着。

"已经快十二个月了，除了跟我哥，我没有跟别人说过一句话。"

泰点了点头。他看上去似乎懂了。

"你还有其他我需要知道的医学病史么？"他笑着问我。

"没了,你呢?"我直接反问道。

他大声笑起来。"有时候我的肩关节会错位。但除了这个以外,我是一个正常的、健康的十七岁男孩。"他笑得更厉害了,我对他皱起眉头。

"对不起,"他说,"我也不知道为什么会笑得这么开心。有时候我会无缘无故地笑起来。我也很苦恼。对了,你那天没有告诉我你的最终决定。"

"什么决定?自由潜水?"

"不,决定谁赢了,谁得了跳水比赛的冠军。"

我稍稍松了口气。如果丹尼已经把艾迪的事告诉了泰,他一定不会到现在都不提起。我幻想着泰完美的身形,他紧绷的身体从空中飞落,他入水的姿势让我激动得无法呼吸。我的心里阵阵悸动,但我不会告诉他我觉得他很棒,我还不想让他太得意。

"当然是我了!"我宣布,"我那一跳那么戏剧化,也加分不少。"我又压低声音说,"而且,你刚刚说我很有种,所以你也觉得我跳得不错吧。"

他微笑着摇了摇头。"好吧,上次就算我让你,不过我想要重新比试一次。"

"我不一定会跟你比。"

"噢,来吧。你不能让一次糟糕的体验阻碍你。"

"丹尼说我不能再去港口。"

泰点着了一根很长的草叶子,然后用手指弄灭了火苗。他又点了一次。他的注意力比艾迪还要容易分散。

"泰?"我轻轻叫他。

他猛然抬起头,对着我咧嘴笑了一下。我把风帽拉下来露出自己的脸,这样我看上去不会太像个男孩,尽管我知道风会把我的头发吹得更乱,现在我也不可能理顺打结的头发。他瞄了一眼我的头发,然后直视着我的眼睛。

"嘿,不要在意丹尼。他只是不喜欢和女孩们比赛。他有时候挺愣的。"他说。

"如果你不喜欢他,为什么你们是好朋友?"

泰哼了一声,"我们真的是好朋友。他是我的堂弟,我们必须合得来。"

"哦,但是如果……"我顿了一下,记起我不能告诉他丹尼让我走开的真正原因。"我的父母有点严厉。"我于是说道,"他们会担心。"

"那我们不在他们眼皮子底下比。有很多地方可以潜水和跳水,没有人会看见我们。"

他对我挤了挤眼睛,又往我面前贴近了一点,似乎想要看进我的眼眸深处。我突然感觉整个人好像快要离开地面飘起来似的。如果他现在吻我,我该怎么办?我很期待,支撑身体保持着自己的姿势,就等他的唇落下来。我真是疯了,竟然幻想他想要吻我。

一声尖叫破坏了气氛,接着传来一阵歇斯底里的笑声。我们同时转过脸往下看,看见一群人正朝我们走来。其中一个女孩——我认得出她又长又垂顺的直发——是劳拉。迪伦架着她的一只胳膊,艾尔莎架着另一只。他们想拉她站起来,但她又踉跄了一下。她已经烂醉如泥。

泰站了起来。

"快点起来,艾希,我们离开这里。"

但是已经迟了。迪伦发现了我们,艾尔莎也看见了。

迪伦放开劳拉,跑上堤岸来。

"艾希,你来这里干什么?"他双手撑在膝盖上,气喘吁吁地说。

我看得出来，他也有点醉了。他盯着泰，眼神却好像无法对焦。

泰抓住我的胳膊，想拉我站起来。

"别碰我妹妹。"迪伦恶狠狠地说。

泰放开了我，他们狠狠地盯着彼此。我觉得迪伦差点就要一拳打在泰脸上，但劳拉还在下面等着，他转身走了。泰趁机溜走了。我从来没看见有人跑得这么快。电光火石间，他已经消失在黑暗中，甚至没等我追上去。

迪伦蹲在我旁边，看起来快吐了。

"你能送劳拉回去吗？"他对艾尔莎喊道，"我得带艾希回家。"

"你刚才应该把她留给她那个难看的怪胎男朋友。"艾尔莎叫道。

至少我不会觊觎我最好的朋友的男朋友，我心想。她总能让我怒火中烧。现在，连迪伦也是。

"我不需要你带我回家。我坐在这里特开心。"我气呼呼地说。

迪伦把我拉起身来，他的力气大得让我吃惊。

"离那个男孩远点。"他含混地说。

"为什么？关你什么事？"

迪伦看着泰逃走的方向，然后拖着我从高尔夫球场那条路回家。

"因为我是你哥，我得管你。爸妈如果知道了，肯定会气疯。"

"你也不应该来这儿。"我提醒他。

"废物。"艾尔莎叫道。我不知道她是在说我还是说迪伦。无论如何我现在的心情糟透了，我想回家了。突然觉得没有这些人在身边对我来说才是最好的。好像从来没有人关心过我有没有朋友，直到刚刚。去他们的吧。

回家的路上，迪伦一直牢牢地抓着我的手臂。几个月之前，我们还是一起偷溜出去的好兄妹，现在似乎变成了冤家。他不想跟我混在一块。我敢肯定是劳拉和艾尔莎让他和我对着干的。

我们到家的时候,爸妈已经睡了。海边潮湿的空气打湿了我们全身,很冷。

在厨房里,他喝下了一品脱水,我站在旁边看着。

"你到底在找谁?"我问道,"那天。"

他对我皱了皱眉头,什么都没说就跌跌撞撞地上楼睡了。

我躺在沙发上,让艾迪给我讲笑话,一直讲到三点钟。他总是把笑话讲得颠三倒四,不过我不介意。他说的我都懂。

我希望有一天泰也能像这样陪着我。只是我还不知道怎么走进他的世界。

5

我们一直以来都不清楚艾迪到底怎么了,实际上最终都没人知道到底怎么回事。他笨手笨脚的;我比他高了快一个头。他不太懂事,总是很困惑和心烦。

"男孩总是比女孩发育得晚。"每个人都这么说——我的父母,出去散步或去商店的时候碰上的爱管闲事的人,本地诊所的医生们,还有因弗内斯医院里的医生们。

我假装自己不太会跑步,总是故意摔倒。我还经常打碎杯子,故意说话颠三倒四,这样他们就不会认为艾迪不正常。但我不能永远都装下去。我无法理解为什么这些事对他来说那么难。在家里我仍然在假装,可是我不想让外人认为我真的傻或者笨手笨脚,所以在学校里我会表现自己。有一年,我得了五十米短跑比赛的冠军,但我把金丝带藏起来不让父母看见。

最终是小学二年级的老师采取了行动。她打电话咨询了一位职业治疗师。艾迪和我做了一大堆测试题。我其实不需要做,但我想做。我们被要求把球和木头块捡起来,放进盒子里或洞里去。还要重复说一个短句，做蹦起和跳跃的动作。其他的我也记不清了，等我们做完所有的测试以后，妈妈和治疗师单独聊了很久。爸爸陪我们坐在车里等。艾迪想听儿歌，但爸爸却不肯放。他非常安静地坐在前座，艾迪在我的手臂上玩开小卡车。终于爸爸等得不耐烦了，把我们带进屋去。我们在门口继续等，里面在说什么听得一清二楚。

"这样的事常会发生，曼恩太太。这不是你的错。"

"我们可以给他开一些药让他平静一些。"

"您儿子以后做任何事都肯定会有些困难，曼恩太太。"

"您最好能尽量使他的生活容易一些。给他穿尼龙粘扣的鞋子。让他用塑料餐具。"

艾迪从未穿过尼龙粘扣的鞋子也没用过塑料餐具。那次约见后的第二天，我发现他们提供的建议单被撕成碎片丢在垃圾桶里。

那天晚上，看完治疗师回家以后，妈妈给我们做了意大利面圈和迷你小香肠，然后她就哭着上楼了。我把自己的迷你小香肠给了艾迪。我告诉他要坐直，把头挺起来。后来我又让他躺在地上，抓住沙发的下边，我要尝试把他的腿拉直。我一直拉，直到他对我说："你弄疼我了，艾丽。"

我不喜欢自己比他高大强壮。我觉得自己像个巨人。以前我总说，多吃蔬菜，艾迪，这样你就能跟我一样高了。他总是听我的话把蔬菜都吃光。我还常说，把你的糖果都给我，躺在草地上，让我们来玩个游戏吧，艾迪。他一直都很听我的话。

他不该听我的。他应该学会不听我的指挥，那样我就不会感到如此内疚。

6

琼斯先生会在每周三的午餐时间打开科技教室来让学生们去做自己的实验项目。通常每周只有几个人会去。我们就是那种人，假装带着三明治来这里是自己的选择。那种有些跟其他人不太一样的人，内在或者外在上不太一样。我想我两者都有：我不瘦，我喜欢穿男孩的衣服；我患了一年咽喉炎，而且我丢失了一半的自己。

科技课是我最喜欢的一门课，琼斯先生让我们独自做项目，因此我不需要跟任何人交谈。这学期我们需要用木头做东西。我选择做一艘小船，那能让我回忆起过去的美好时光。爸爸以前会带我们去坐夏日游船出游，环黑岛航行去看海豚。艾迪很爱这个活动，他喜欢看水花，被爸爸扛在肩膀上当首席"小翅膀"观察员。"快看！那是小淘气！那是圣丹斯！"他会这样大叫向导介绍过的海豚名字，虽然实际上他分不清哪只是哪只。他尤其喜欢大人允许他开船。而我喜欢坐在船尾，看着马达激起的水花，引擎的轰鸣声淹没了那些关于艾迪跟别人不一样的糟糕的猜想。

今天科技实验室只有一个人在，一个叫弗兰基的男孩，他身上有股酸臭水果的气味,而且他还有头皮屑。他看起来相当普通,除了头皮屑,他就是那种内在不同的人。他说起话来像个二十五岁的人,而且他懂得真多:奇奇怪怪的物理知识、工程学和书籍。我其实对他并不反感——他有时候很搞笑——只不过我不会让任何人看见我跟他说话。与其让别人认为我和弗兰基是朋友,不如没有朋友。

拉开抽屉的时候,我发现船上的桅杆已经被拗成两半,船帆被撕成了碎片。我把船翻过来,船底用迪美斯修正液写着:**别以为你会有男朋友**。我忍住眼泪,在学校里我从来不哭。我把桅杆断了的两截握在手里,狠狠地攥紧拳头,让木头裂开的碎片扎进皮肤里。我转过头看弗兰基,他吃惊得说不出话来,摇了摇头。

"我没能阻止她们。"他嘟哝着。他在机床上切开的木头落到了地上,"我想阻止她们,但她们嘲笑了我一通。"他弯下腰去捡木块,护目镜从脸上滑下来,接着我就听见咔嚓一声,他踩在了上面。

"你应该什么都不说,"我对他嚷道,"说了反而更糟。"我一直在抵抗眼泪的侵袭,鼻子酸酸的。当他在捡破裂的塑料镜片时,我关掉了机床,防止他惹出更多麻烦。然后一直背对着他。

午餐时间结束时,我做好了一个新的桅杆。虽然不如第一个好,但我不会让她们再有机会搞破坏。我把桅杆放进包里。我对自己说,有一天我会有一艘自己的船,我要开着它去探索未知。虽然我还不清楚我到底要去探索哪里,也许北海还有一些尚未被人发现的小岛。也许我能发现像黑岛一样的地方,有沙滩、水獭和船屋。两者的区别就是在那里没有人认识我。

接下来的一周,我要制作新的船帆,做得更大、更好、更牢固。它们能带我去任何我想去的地方。

7

迪伦开始在院子里健身。他沿着外围墙跑步，接着吊在苹果树弯曲的树枝上做引体向上。他做的时候嘴咧得老大，一脸痛苦的样子，前额的血管都暴突出来。好不容易做了五个，他就掉了下来，摔进一堆树根和杂草丛里。他仰面躺在那儿，气喘吁吁，然后开始做俯卧撑，每做一个都发出哼哈的声音。

我慢慢地走向他，在他的脑袋旁边站定。天快黑了，夜间安全灯已经打开，将他前额的汗珠照得发亮。迪伦起身的时候，手臂在发抖。他看见我吓得像个女孩似的尖叫起来。

"老天，你真的应该停止监视别人了。"他说，又躺倒在草地上。

"我没有监视你。妈妈让我问你吃不吃晚饭。"

迪伦摇了摇头，把手放在肚子上。

"我在劳拉家吃过了。"他说。

我对他挑了挑眉毛，他也对我挑了挑眉毛。

"说起监视，"他说，换了个话题，"你怎么会去上周那个派对？你不是不应该那么晚外出吗？"

"为什么你能去派对,我不能去?"

"因为我比你大。"他说。这让我想起自己也总这样对艾迪说话,回答他为什么我能做的事他不能做,希望他不会识破早出生几分钟根本算不了什么。我感到内疚。也许早几分钟就是不一样。如果艾迪是早出生的那个,也许他现在还未停止呼吸。

"劳拉比我小,你不是也带她去了。"

"那不一样,我去那里是为了保护她。"

迪伦挣扎着站起来,掸了掸短裤上的草。他看上去骨瘦如柴,而且十分孩子气。天变冷了,我不喜欢靠墓园这么近。我正看着墓园的大门,门开了,父亲从里面出来,幽幽地走进院子。他眼中有泪,看了我们俩一眼就踱回屋里去了。

"你还记得艾迪失踪的那天爸爸手里拿的是什么吗?一个蓝色的东西。我想他一定是从沙滩上消失前得到那件东西的。"

迪伦的嘴巴开合了一下。"艾尔,不要跟奇怪的男孩混在一起,好吗?"

"我们只是朋友。"我说。

"你能保证吗?"

我点了点头。我不会告诉他我的口袋里放着在船屋找到的泰留的纸条。上面写着:早晨6点港口见,周四。明天。纸条旁边还有一件潜水服,不过我穿太小了,我把它留在了那里。

我不需要迪伦来回答我的问题,因为答案都在水里。

这是我和男孩的第一次秘密约会。上床之前我找出了防水睫毛膏。我几乎整夜都无法入睡,心里很忐忑。

凌晨三点钟,我听见迪伦噩梦中的叫喊声,我站在他的屋门前看见他在胡乱挥舞,好像想要抓住头顶上的什么东西似的。

"你把他放走了。"他在梦中喊起来。

我感到不安极了。迪伦在梦里对我尖叫起来。我一直看着他,直到他平静下来,然后我爬回自己的床上等天亮。

8

"这是什么鬼东西?"泰问。我穿了迪伦的潜水服。

最近天亮得更早了,虽然有些晨光,一切还都笼罩在阴沉的灰色之下。今天的黑岛还是没有色彩。唯一能表明夏天到来的信号是在我头上飞的那群蠓蚊。它们喜欢潮湿的天气,而且一点风都没有,它们不会被吹走。

雨水从我的鼻尖和睫毛上不停地滑下。泰跪在我身前,使劲地扯着那件破衣服。

"该死的,上面全是破洞,艾希。你从哪儿弄来的?"

"这是我哥哥迪伦的。他现在用不着了。"

"啊。"他松开手,站了起来,望着路,身体在发抖。

"你还好吗?"

他仍然在往我身后看。"迪伦知道你在这里吗?他看上去是保护欲很强的人。"

我不确定。迪伦很瘦,而且很温柔。我想没有人会形容他"有安全感"。至少从外形上来看是这样的,不过算了。

"你跑掉是因为这个吗?难道你怕他?"我开玩笑地说。

泰露出一个有点神经质的笑容,把手按在我的肩膀上。"害怕他?别开玩笑了。"

"那你为什么跑了?"我问道,努力不表现出不快。

"我只是看了一下时间,我必须得走。我爸爸也很严厉。"

我见过他爸爸,看上去比我爸爸还要吓人。不过,我也不知道该不该信他的理由。

"那么迪伦不知道你来这里了吧?"

"老天,别紧张兮兮的。他不会揍你的。他当时喝醉了,仅此而已。他根本不在乎我跟谁在一起。"

泰把脸上的雨水抹掉,领着我走到墙的边缘。

"过来,我们下水吧。"他看着我忧虑的脸说,"没事的,我们不跳下去。"

我们顺着墙侧面挂着的金属梯子爬了下去。泰先下去,我希望他不要抬头看,那样会看见我肥硕的屁股。我听见轻轻的水声,低头一看,他已经在水里了。

"快点,慢吞吞的家伙。"他对我喊道,"你不怕吧,你怕吗?"

现在可不是嘲笑我的时候,我很可能会扭头就走,干脆回家了。当我的脚踩到最后一级阶梯时,我脚滑了,一下子掉进了水里。水冷得让我想骂人,但我发现自己不能呼吸了。泰抓住我,把我拉了上去。虽然这里的水只到腰那儿,但极其冷。

"抓住你了,现在像我一样,蹲下。"

他把挂在脖子上的潜水帽戴好,叫我也戴上帽子。我已经冷得不能跟他抗议了。我太冷了,太害怕了,什么都听他的。我们游了几米,游到一个浮标处。我抓住了它,泰则先下去做一个测试潜水,以保证一切都没问题。我的手在水面上握着浮标杆,雨水打在手上四溅纷纷。雨如果落在水里就不会像落在屋顶上那样吵,我全身都湿了,几乎感觉不到自己在淋雨。在这里,我感觉自己就像在另一个世界。

雾气遮住了我的视线,我看不见大陆,港口也没有一个人。除了在水下的泰,我是这周围唯一的游魂。没有人大喊大叫也没有人哭。太神奇了。我不禁沉醉在其中,泰浮出水面的时候,我竟然有一点小失望。

"你准备好进行你的第一次自由潜水了吗?"他用拳头碰了碰我,在我的左手上放了一块很重的石头,"这能帮你下沉。一直拿着,等上来的时候再丢。"

"好,我准备好了。"我说,尽管我并没有准备好。

"在水面上做三次深呼吸,要缓慢,然后第四次的时候我们下沉。抓住绳子——这里到底是两米深。我们沉到底以后就跪在那里,你想要上去的时候就竖起大拇指示意。"

我深呼吸了三次,拉上自己的面罩,然后我们一起下沉。耳压迅速变大。耳鸣了。只用了几秒钟我们就沉到了水底,下面的沙子很松软。泰用拇指和食指圈了一个圆,给我比了一个 OK 的手势,然后两臂交叉,放在了膝盖上,他的眼睛一直注视着我。他没戴潜水帽,没戴面罩,也没穿潜水靴。我的右手抓着绳子,身子冻得轻轻发抖,我用数数来转移对冷水的注意力。数到三十的时候,我看看四周,发现自己的视线可以看得相当远。水下的能见度其实比上面好。一条小鱼游过去,掉头,又游了回来。我放开绳子,用手在沙子上画着图案。泰摇了摇头,把我的手重新放到绳子上。我的胸腔有节奏地起伏着。我试着再数二十个数,去欣赏周围的景色。我想永远记住这一刻。这是迄今为止我人生中最酷的时刻。如果我没有等待十六年,而是早点来尝试该多好。这一切简直太棒了。

我的左边有一个被绿色黏泥包裹住的锚,还有个白色的东西。它看上去像是一只鞋,一半插进了泥里;一只鞋——一只看上去很眼熟的鞋。这是一只磨坏了的白色运动鞋。

轰的一声。我又回到了那一天。

艾迪为了在石头上站稳,紧紧地抓着我的手。他几乎快把我也一起拉下去了。我们站在齐到脚踝深的水里。今天是我们的十一岁生日。

"站好了,艾迪,"我训斥道,"如果你乱拍水,小翅膀就不会出现了。"

他被我吓哭了。我向远处张望着迪伦,他已经游出去很远。我向他摆手,呼唤他回岸边来。我还对他大喊,但他压根就没往这边看。

"我要看小翅膀。"艾迪又吵起来,还跺着脚。这次他猛地抽出自己的手,我还没来得及抓住他,他已经扑进了水里。被溅起的冰冷的水花打在我的脸上。风越来越大,把浪头吹得越来越高。这会儿在海边蹚水实在太冷了——迪伦至少还穿着潜水服。

"起来!"我对艾迪喊道,"快点,我们得回家了。"

我伸出手去拉他,但他不肯起来。总是这样,每次到了这一天都是围绕着他转。我用目光搜寻爸爸在哪里,他可以过来带走艾迪。到处都看不见他。爸爸没有坐在刚刚我们过来的地方。艾迪的运动鞋还在沙滩上,但爸爸不见了。我的手已经冻得发紫。我往手上呵气,但没什么用。

"快点回来吧,迪伦。"我小声地对自己说。

"小翅膀都去哪儿了?捣蛋鬼在哪儿?太阳舞在哪儿?"艾迪问道,他还坐在水里,海浪在他身边拍打着。

"来吧。我们得把你身上弄干。"

95

"不。我要迪伦。"

"好吧,迪伦在那边。所有的海豚可能都和他在一起,因为他没有乱拍水。起来吧。"

艾迪一动没动。我弯下身子拉他的手。他的手比我的还要冰。

"我想要小翅膀!"他对我尖叫起来。

然后,一切又变得模糊。

我扔掉了那块石头,像火箭一样蹿上水面。

等我冒出水面的时候,泰就在我身后。

"嘿,你应该给我一个信号,"他说,没有注意到我的慌张,"不过,潜得不错,感觉怎么样?你做得相当出色。"他看了看表,"五十秒——快接近整整一分钟了。"

我没有在听他说些什么。我得弄清楚刚刚在水下看见的到底是什么。等我不喘气了,我就向稳住那艘船的锚游去,向那只鞋游去。

"艾希,等等!你怎么了?"

他追上了我,而我只游出去几米远就感觉筋疲力尽了。

"下面有东西。"我喘着粗气说。

"什么东西?"他看上去很警觉。

"我不知道。可能只是垃圾之类的。"

泰没有笑也没有说我是疯子。他让我游到墙那边,在梯子上等他。

"我要去为环境保护出一点力了。"他说着潜入了水底。

他下去之后久久没有浮出水面。雨已经小了一点,但依旧云厚天低。我一直跟自己说那不是鞋,即便是,也不会是艾迪的鞋。艾迪的鞋怎么会到港口来呢?

泰冒出水面。

"是一只旧运动鞋。"他拎着鞋带把鞋拿给我看。

我定睛看了看，是一只白色运动鞋。

但这不是艾迪的鞋，它太大了。我终于弄明白了。鞋舌已经被水底的秽物染成了绿色。

鞋子里掉出一只贝壳类生物来，我感到有点难过，是我毁了它们的家。

我想问他在下面有没有看见其他东西，但我的牙齿冻得直发抖，我说不出话来只想赶紧暖和一下。爬上梯子的时候，我的胳膊感觉很无力，是泰在下面托着我，摸着我的屁股，但我已经没力气去理会了。

"快爬，然后进船屋里，我们好暖暖身子。"

"我想回家。"我的声音冻得发抖。

"你知道吗，第一次尝试就能坚持五十秒是个不错的成绩。不过，这也可以算是你的第二次尝试。"他滑下一条胳膊，搭在我肩膀上，轻轻地晃了晃我，然后就拿开了。

只有五十秒？时间的把戏又弄晕了我。那些艾迪跟我对着干的记忆似乎长得没有尽头。

"你还好吗？"他问我，终于发现我不太好。

有那么一刻，我想把一切都告诉他。但是如果我说了，他也许就不会再带我潜水了，而我现在不能停下。就算那天的记忆不是美好的记忆，至少我记得。现在我终于想起来艾迪失踪前，我们在争论些什么。

"我还得去上学。"我说。

"翘课吧，今天留下来陪我。"

"下次吧。"我回头对他喊道，脚步已经在往家走——脑海里思绪万千。*泰希望我能陪着他。*

到家的时候，家里一个人都没有。我冲了个澡，用了柠檬和茶树油沐浴露，凉凉的水冲刷着我每一寸肌肤。我想抛开新找回的记忆，回想没有看见鞋子前在水里的感觉是多么好。我假装自己正从瀑布上坠落，想象着自己的头发像扇子一样散开，就跟俱乐部里那张莱拉·辛克莱尔的海报上的样子一样。我想象着泰用胳膊搂着我，我顺从地躺进他怀里。我想象着水珠粘在他睫毛上的样子，还有他甩开遮住脸颊的头发的样子。等我洗完澡，手指已经变得有点皱，身上的皮肤红红的，有点刺痛。

9

直到听见整个英语课堂的学生都在窃笑，我才反应过来自己被麦金泰尔夫人提问了。我不可能随便捏造一个回答，因为我打从一进教室就没有听课。我决定说实话。我采用了妈妈的策略。

"抱歉，我刚走神了。您能再说一遍么？"我把手从一边挥到另一边做道歉的手势，还挤出一丝微笑。

课堂上的咯咯笑声更大了，还有人从我左边传来一张不知道胡乱画着什么的纸条，被我一把揉成团塞进了自己的口袋里。麦金泰尔夫人非常不悦。我因为上课不听讲得到了本周第二次课后留堂的惩罚。

我离开教室的时候，迪伦的女朋友劳拉拍了拍我的肩膀。

"你为什么不看我的纸条？上面写着答案。"

我还没来得及回话，她就被一个金色卷发的女孩拥着推走了，那是艾尔莎·菲兹杰拉德的另一个跟班。"别费事帮她的忙了，"她耳语道，"她真是个废物。"那个女孩朝我走过来，我感觉身上被刺扎了一下。她拉着劳拉大步走开的时候对我晃了晃手上发光的指南针。血从我的白色校服衬衫下面渗出来，在我的运动夹克衫的衬里上印出一个深色的污迹。我用拇指压住伤口来止血。回家路上我得去一趟合作社弄点去污剂,不过我会等爱管闲事的海瑞斯夫人交班以后再去。她管得太宽了,还喜欢歪着脑袋,当着所有顾客的面大声叫我的名字,那样会有更多人歪着脑袋看我。

我为口袋里那团揉皱的纸条感到遗憾,我打开了它。上面写着"独白",是劳拉干净的圆体字。我把它扔在地上,并提醒自己,除了几门复习课以外,夏季学期的课程几乎都快结束了。现在只剩下要通过考试了,至少指南针在绝大多数考试里都被禁止使用。

午餐时,我走到学校的后操场去抽烟。劳拉占了我的地盘,她跷着二郎腿坐在自己的外套上,衬里是红色缎面的。我想去找个新据点,但被她叫住了。

"我不知道迪伦去哪儿了。"我说。

"他在图书馆。"

"哦。那你还需要什么?"

我在想是不是迪伦把她甩了,可她看上去并不难过。我忍不住盯着她的胸脯看;她的衬衣领口开得不够大,我看不见她完美的乳沟。她双手交叉着。她给我腾出一块地方,让我也坐在她的外套上。但我把自己的外套铺在地上,挨着她坐下,在我们中间留了一些草的缝隙。我从地上拔起一丛草,把那些小绿草撒在自己的衣服上。

"我知道你在看我们。"她说,目光直直地看向前方。

"我不懂你在说什么。"我说。

10

"我喜欢下雨。"泰说,从嘴里吐出一口烟。

"我希望雨赶紧停。"我说,伸手去拿烟卷,"那样我们就能坐船出海了。"

"很快,"他说,"也许明天就可以。"

他翻了个身,用胳膊撑起半边身子,瞬间他的脸离我只有几厘米远。他把烟拿到远处不让烟熏到我。

"你那天潜完水回去后还好么?我回家以后回想整个过程,才意识到你一看见那只鞋就吓跑了。你为什么被吓成那样?"

我的内心仍然有种冲动想告诉他一切。关于艾迪,关于迪伦,关于我的父亲。但一想到自己倾诉这些事听起来多么可笑,我就放弃了。这种事怎么能就这么说出口?噢,我还以为那是我死去的弟弟的鞋子,我觉得我爸和我哥有事瞒着我,在我弟弟去世那天肯定发生了一些事,但他们没告诉我。

要是我在他面前哭了怎么办?总之,我不想跟别人分享艾迪,那就像把自己身上的一部分拿走一样。

"我没有被吓到,"我答道,"只是好奇那是什么。"

泰把烟灰弹到地上,翻身躺下。我看着他的烟。他看着我。

"海里有太多垃圾,"他说,"有些是人们不小心掉的。"

我就是那种不小心的人。

"我找到过各种东西,"泰继续说,"钱包、玩具、钥匙……手机。"他对我眨了眨眼,"还有垫子、笔记本电脑。甚至有次还发现了一把缠满了头发的梳子。我是说,怎么会有人不小心把梳子掉进海里?"

"我还是小孩的时候,我就把芭比娃娃掉进了海里。"

泰笑了。"我觉得你不像是喜欢芭比娃娃的那种女孩。"

"我不是,"我说,伸手去拿烟卷,"所以是我把它从桥上扔下去的。把我妈气疯了。"

轮到我来审问了。

"泰,我能问你一个问题吗?"

"你可以直接问,不用每次都先问我能不能问。"

我用拳头敲了敲他的手臂,能触碰他的感觉真好。

"我会问,因为你不是每次都会回答我。而且,我很有礼貌。"

他又翻身到我身旁,舔了舔嘴唇。我得用尽全力才能克制住自己把他拉过来吻他的冲动,我不知道他是不是也想要吻我。

"你为什么离开黑岛?你去哪里了?"

我不该问这个。他的笑容立刻消失了。他坐起身来。

"我们就不能单纯地享受当下这个时刻吗?"他嘟哝着,"为什么你总是要问过去的事?"

他到处乱翻找香烟。打火机打不着,他把它丢到了地板上。

"对不起,"我说。我的脸在发烧。"我不是想要八卦。你什么都不用告诉我。"虽然我这么说,其实我希望他能把一切都告诉我。

"不，没关系。"他的眼睛又亮了起来，看样子他接受了我的道歉，"只是那些事很没意思，仅此而已。"

我恨自己刚刚为什么没有吻他，而是说这些。我总是学不会闭上嘴巴。我掏出自己口袋里的打火机给他。他说谢谢。然后他对我讲述了自己的故事。

"不是我要走的。我爸不想让我留在这里。他觉得我是个麻烦，他想跟自己的朋友出去玩，不想照顾我。"

这回我只是点了点头，不想再冒险说出什么蠢话来。

泰继续说下去。

"我总是惹麻烦，逃学、打架、打烂家里的东西。还有偷东西。警察抓住过我几次——都不是很严重的事，不过我爸是个警察，我毁了他的名声。他不想管我，就无视我。我从学校回到家，他已经把我的东西打好包了。他直接把我送到了长途汽车站，让我坐车去我妈那儿。我没有机会对任何人道个别。那个混蛋。"

"真够过分的，"我说，"所以你现在和你妈过了？"

"对，她住在多尼。"

"那是哪儿？"

"西海岸。很远的地方。"

泰现在看上去很脆弱，是我把他弄得这么伤感的。我把手放在他的腿上，表示我的关切。他紧紧抓住我的手，吓了我一跳。

"我也偷过东西。"我说。

他笑了。"我知道你是个大坏蛋。你偷了什么东西？"算不上"大坏蛋"。我脸红了。"化妆品，大部分是。"我坦白地告诉他，"发胶、剃须刀片。杯面。"

当我提到杯面的时候，泰松开了我的手，拍着大腿哈哈大笑。

"怎么了？什么这么好笑？你都偷了些什么？"

他笑得更厉害了。

"我现在已经金盆洗手了。我十一岁的时候偷过一辆电动自行车——那个白痴没熄火，把钥匙留在发动机上就走了，我想我就骑一圈再送回来。但是后来……"他又笑个不停，这种笑会传染。

"我把它给撞烂了，"他终于说了出来，"我摔断了胳膊。所以现在我的肩膀时不时会脱臼。我爸只好买了辆新车赔给人家。"

"我的天。所以他就把你送走了？"我问道，一半是吃惊他偷了一辆电动自行车，一半是觉得很牛。

泰揉了揉眼睛，清了清嗓子。"其实，并没有。我摔断胳膊一年以后，我又偷了一辆自行车。那是压死骆驼的最后一根稻草，很显然。"

他现在变得悲伤起来，说完以后就一言不发。

"那你怎么又回来了？"我问道。我好像有问不完的问题。

"我叔叔让我回来的。他说自己要开一间潜水学校，而他会把我训练成一个潜水教练，代价就是我得在他的俱乐部里帮忙。我在多尼的时候总是潜水。没有其他事可做。我真的很希望能成为潜水教练，但是课程很贵，我还没有工作。米克的潜水学校提供给我一个绝好的机会。我妈很高兴又能把我丢给我爸。她给了他很多指导，让他能确保我会回家过夜。他甚至还搜了我的身，把我不应该带的东西都没收了。有个当警察的爸爸真的很不爽。我以为回来能和丹尼还有米克一起会很有意思，但这地方还是一坨屎。而且米克根本没空去潜水。"

"那丹尼呢？"

"他总是在我面前指指点点，告诉我该做什么，该说什么。"

"真的？别理他。他又不是你的主子。"我说。

"不，他不是。"他最后说。

"这地方怎么不好了？我觉得还行吧。"

"这里的人。你知道的，小地方的人，思想狭隘。"

"噢，谢谢你的夸奖。"我想我也是这里的人。

"除了你，当然了。"他转过来面对我，"杯面女孩。"

然后，他吻了我。享受此刻吧，我对自己说。就在这时，艾迪跳了出来，从我的胸腔里扯着我的肋骨，他想玩你追我的游戏。现在不行，艾迪。但是他把我拉开了。

"你还好么？"泰轻声问。

"嗯。"我轻声回答，想再凑上去，"你涂了草莓味的唇膏吗？"

"对。"他答道，把头收回去看着我的脸，"你不喜欢草莓味吗？"

"喜欢。我只是不认识哪个男孩子涂水果味的润唇膏。"

"你现在认识了。"他深情地看着我，"你的眼睛，"他喃喃说道，"真绿啊。"

"是的。"

突然之间，他转过头。"天已经晚了。"

他站起身来要走。

"等一下，"我叫住他，"我做错了什么吗？刚才我是乱说的。我喜欢你的唇膏。"

他摇了摇头，靠在门框上。

"没有，当然没有，"他说，声音沙哑低沉，"我只是不想惹我爸生气。"

然后他消失了。

过了一个小时我才爬出船屋，一出来就看见丹尼站在港口上，凝视着大海。可能是被那个吻弄晕了，我竟然决定从他面前走过去。

我还没走到一半，他突然转过身来。

"我记得我叫你离这里远点。"

他的头发在月光下闪着光,随着微风抖动着。我们中一定有一个人在摇晃,我觉得是他。

"不用你来告诉我该做什么。我去哪儿,跟谁见面,真的不关你的事。"

他朝我走近,我闻到了他嘴里的啤酒味。

"是不关我事。但如果你还有一丁点儿理智,你就该听我的。你和泰在一起对你不好。他不知道自己想要什么。他做事鲁莽,而且他可能不会在这里待太久。"

"他是来这里帮你和你爸的,你知道的。"

我感觉越来越热,但我必须说出来——总得有人为泰说句话。

丹尼靠得太近了。我往后退了一步。

"小心。"他尖声说,一把抓住了我的肩膀。我差点以为自己要跌到海里去了,但他把我拉进了他怀里。"你太靠近边缘了。"他说。

"天哪,我能照顾好自己,"我说道,把手臂从他的怀里挣脱出来,"我妈妈说你很怪异。她那天看见你送我回家。他说你看上去不可信,我认为她说得没错。"

丹尼咆哮道:"从她那种人嘴里说出来太荒谬了。"

"嘿,你这话什么意思?"

我的眼泪已经在往上涌,我赶紧眨了下眼睛把眼泪压下去。

我讨厌听见陌生人说我妈妈的坏话,他们根本连面都没见过。泰是对的,这里真的是一个小镇。他望向海湾另一边,双臂抱在胸前。"没什么,对不起。我只是听说了她的一两件事。听着,你自己回家能行吗?我可以开车送你回去。"

"不用,"我说,"你喝了酒。"

我推开他走下去,穿过马路。

当我终于敢回头的时候,发现他还站在那里。我觉得嗓子有点发痒,我屏住呼吸使劲咽口水,直到好了为止。泰的吻让我回去的时候都感到一丝暖意,但这种美好的感觉都让丹尼说的残酷的话给破坏了。

艾迪一整晚都保持着沉默。他不想跟我说话。

11

我头发里粘上了口香糖。恶心的乳白色口香糖粘在我蓬松的黑色卷发上。我跑进了厕所,用从柜子里拿的剪刀把一整绺粘上口香糖的头发都剪了下来。然后我在口香糖上吐了口痰,看准机会,塞进了艾尔莎·菲兹杰拉德的包里。我被逮住了,被罚午餐时间待在图书馆里,在别人的监视下。

迪伦也在图书馆,正为他的商务课程考试临阵磨枪。他伏在桌子上,手托着脑袋,把笔整齐地排放在课本旁边。

"你的头发怎么了?"他问,揪了揪我头顶上的那簇短毛。

"艾尔莎,还有口香糖闹的。"

"噢,真倒霉。"他说。

我在他旁边坐下,没有告诉他他那迷人的女朋友看见了整件事却什么都没做。我根本不在乎,因为我的脑海里只有一件事。

"我要当一个自由潜水者。"我小声说。

他抬头盯着我看,好像我刚刚告诉他我要去月球一样。

"我肯定要挂科了。"他说。

我瞄了一眼他的笔记本。上面是他的字迹：

失败　失败　失败　失败　失败

每一个失败下面都用红笔黑色笔重重地画了线。我一把抓起本子，把那页从上面撕下来，揉成一团。我用黑笔在下一页写道：我是迪伦。我做什么都很厉害。

他的眼泪打湿了我写字的那页纸。我把它捏成一团，塞进自己口袋里。

放学后，迪伦又变成独自一人。他一定考得不错，或者只是因为结束而解脱了。

"你要怎么对付艾尔莎？"他问我，"你当时就应该以牙还牙。"

"如果不是我当时没有口香糖，我一定会那么做。不过，我以为你跟她是朋友。"

"其实也不算是。她只是喜欢跟在我身边。"他说着挠了挠头，"呃，我也许有计划了。"

他回到自己房间，然后拎着一袋子腐烂了的东西出来。

"水果。"他解释道，"我忘吃了，闻到奇怪的味道才发现。"

"谢谢。"我退后一步好躲开恶臭，"但我该怎么做？"

我跟着迪伦走进厨房，他用好几层箔纸把快烂成液体的水果包得严严实实，把这包东西放进塑料三明治包里。

"拿去。你能靠近她的时候，拆开，扔到她的包里。"

"好的，谢谢，迪尔。没想到你原来这么坏。"

"永远不要低估迪尔大师。"他冲我挤了个眼色，我看到他眼里的光芒，我很久没看见过了。

我把那个包裹放在桌上，胃里翻江倒海的。

109

"我不知道妈妈会不会让我们点外卖。"

"她来过电话了,说她会晚回。"

冰箱里只有香肠和半罐意大利饺子。我嫌做香肠太麻烦,直接吃了冰凉的意大利饺子。

"想来点么?"

"不要。你真的挺恶心的。"

"多谢夸奖,"我说。

我把空罐子扔进垃圾桶,迪伦已经站在我后面了。

"你的新爱好,跟那个男孩没关系吧?和你一起去派对的那个?"

"没有。"我撒了谎。我怕他会告诉父亲,然后父亲就会让我一辈子都禁足。

有事瞒着迪伦让我脸上发烫。好像我有了权力。如果他能有秘密,那么我也能有。

晚些洗澡的时候,我听见一个房间传来迪伦做俯卧撑的哼哈声,一个房间传来父母的争吵声。

"我该怎么做,西莉亚?任由你烂在床上?"他走来走去的,把地板踩得吱吱嘎嘎响。

"这对我来说太难了,科林。你不会明白有多难。"她的声音含混不清。

"狗屁。从两条街远的地方把干洗的衣服取回来会有多难?买一箱牛奶回来又会有多难?"

"我以为你回家的路上会带牛奶回来。"她答道。

我现在感觉很不好,是我喝光了牛奶,但是没有其他东西可吃了。

"我明天需要穿那件该死的外套!"

父亲骂人的时候我瑟缩起来。这不太像是他的风格。我伸出手打开了冷水龙头,水哗哗地冲着我的头,我开始发抖。整个浴缸都变得冰冷的时候,我蜷起身子,深呼吸,把头埋进水里。我的胸口被憋得不断起伏鼓胀,我还在坚持又坚持,我把手撑在浴缸两侧好让自己一直待在水里。三十秒以后,痛苦平息了。既没有哼哈声,也没有争吵声。我脑海中只剩一件事——身着银色潜水服遨游在海底。

12

　　泰滑入清澈的海水里，他的样子看起来美丽而优雅，而我在水里就像一头笨重的鲸鱼。

　　我们在的这个地方被称为"三明治湾"，位于罗斯马基海滩延伸出去的海岸线上。在这里没有人能找到我们。要到这里来，除非你从罗斯马基的码头坐船过来，不然就得长途跋涉越过田野穿过荆棘。这里的海水看起来这么清澈是因为海底都是大石块，不是沙子。仔细看海水还有一点发红。

　　"看你做起来好简单。"他浮出水面的时候，我说。

　　"因为本来就很简单。"

　　我戴上潜水面罩又试了一次。只在水流中挣扎了几秒钟，然后就弹回了水面。

　　"不要跟水较劲，你得顺着它来。你必须听它的引领。"

　　"但是我潜不下去。"

　　"谁说一定要潜到底下去了？你只要能保持在水面以下就可以了。"

　　我感觉有些沮丧，轻轻划着水从他身边荡开，向海里漂去，让自己慢慢沉入海底。海水并不深,当我触到海床的时候,我抓住一块石头,好让自己能一直待在水下。我就这样腹部向下趴着浮在海底。时间一秒一秒地流逝。我努力让回忆淹没自己。石头参差不齐的棱角扎着我的手,但我紧紧地抓着它们。有些石头被那种像西芹一样纤弱的海藻覆盖住,它们完全不同于海岸边或港口那儿生长的肥厚庞大的海带。西芹样的海藻随着水流摇摆抖动。石头上还紧紧粘着好多贝类,有紫色的、黑色的、白色带斑点的。回忆的碎片没有如期而至,我有点烦躁,却也感觉解脱,在水下,我不是一个失败者,身体也轻盈得多。我左右摇晃着脑袋,甩动自己的发丝,从嘴里吐出几个泡泡,看着它们漂浮上升。

当我浮出水面时,泰在那里为我鼓掌。

"两分钟。你几乎要跟我一样棒了。"

我们游出更远一些,隐隐感觉到一些凉意,但我不愿现在就离开。

"你最多能潜到多深?"

"我不知道。为什么每个人都那么在意能潜多深?"说着,泰脑袋一侧,潜回水里。

"那不是潜水的目的吗?"

他从水里抬起头来,故意把水甩到我的脸上。

"不。根本不是。来吧,让我们潜下去。"他按住了我的肩膀。

"这里有多深?"

"大概十二米,但我们不会沉到水底的。"泰叹了口气。

从这里我能看见普安特的灯塔。我只能依稀分辨出沙滩上的小黑点是看海豚的人们。

"那里呢?"我指着灯塔边的一片水域,那里是迪伦以前常去游泳的地方,有海豚出没。

泰放在我肩膀上的手抓得更紧了。

"深得多,"他说,"那里是一个潜水点,大概有四十三米深。"

我颤抖了一下。"你去过吗?"

"没,那下面什么都看不见。好了,废话太多了,我们下水吧。"

那个潜水点是整个海湾最深的地方。那里才是我要去的地方,因为那里是艾迪会去的地方。

"艾希,快来。"

我这才注意到自己一直在屏息。我长出一口气,把视线从普安特那边移开,重新集中到泰身上。这并不难,我愿意整天都看着他。

我照泰的示范深呼吸了三下,然后潜入水里。不管我怎么蹬,似乎都只能水平活动,无法下潜。最终我放弃了,浮在水面上等泰。看着他的影子在水中飞舞,我数了三分钟。不清楚在我开始数之前他已经在下面待了多久。他出水的时候,看上去好像经历了某种奇遇,双眼熠熠生辉。他搂着我吻我的嘴。他的味道咸咸的。

"来吧,艾尔,"他贴着我的脖子对我耳语,"我们上去暖和一下。"

我喜欢他叫我艾尔,感觉自己成熟了许多。

回福特罗斯的路上,我向泰讨教潜水技巧但他一直转换话题,给我讲在黑岛能找到的各种石头。

"你看到不同颜色的分层了吗?"他指着海岸线问,"那里是一片砂岩,黑色页岩,石灰石。砂岩是从前皮克特人雕刻石雕的材料。如果你在沙滩上仔细寻找,也许能找到他们的作品残片,也许还能找到化石。"

"为什么会有那么多层次?"我假装很感兴趣地问。

"时间的力量,我猜。地震让地壳发生运动。你有没有想过在你之前那些在这片沙滩上走过的人们?"

"并没有,"我说,"那是不是有点诡异?"

"不会。那是历史。沙滩上能找到让人惊奇的东西,如果你仔细寻找的话。"

"水底有吗?"

"有,但大部分有意思的东西还是会被冲到沙滩上。"

他弯下腰捡起一块小小的黑色石头。"看见了吗?这是一块化石。"

"为什么你不愿意谈潜水的事?"我问他,"你这么擅长。"

几乎马上我就对自己这么恭维他感到恼火,但我真的想知道原因。

"这正是潜水的魅力所在。"泰说,"我不需要谈论它,我只是去感受,就像呼吸那么自然。"

"你的意思是像'不呼吸'吧。"我狡黠地笑了。

他的嘴角慢慢地翘起来,他好像才明白过来。

"你说得对。我很乐意和你一起屏住呼吸。"

回家后我躺在自己床上练习,摊开掌心慢慢地吸气超过五秒,屏住呼吸,然后呼气超过十秒。五次以后我已经觉得又晕又困,但熬过去了。我深深吸了一口气,数到一百二十才呼出去。很容易。我又做了一次,数到一百四十;再一次,一百五十;再一次,一百四十;又一次,数到一百三十九。然后我忘记计数了。我很想知道要屏气多少秒才能潜到四十三米深。

13

　　船屋成了我的第二个家。我几乎每天放学后都和泰去潜水或者闲逛。我跟妈妈说自己参加了课后学习小组。现在是盛夏，太阳很晚才会西沉，总是让人忘记回家。有时我们会碰见丹尼，我跟他招手示意告诉他他管不了我。他从不跟我招手，泰总拖开我让我别理他。有时我们一时兴起去看米克，但他通常没空和我们聊天。他做的热巧克力还是最棒的，他选的潜水杂志总让我们竖大拇指。

　　每次我们潜水，我都逼自己潜得更深一点，那种兴奋和紧张感让我的肾上腺素升高，让我愈加渴望潜得更深。十米，十二米，十四米，然后十六米，最后潜到十八米深。有时泰和我一起潜水，有时则浮在水面附近，如果他觉得我潜的时间太长了，就会下来拉我上去。如果他不能和我碰头，就会在船屋给我留下字条教我一些潜水的东西，我会坐在那里仔细阅读。他给我的提示都棒极了，而且细致入微，比如：如何增大自己的肺活量，他手绘了示意图（画的是我！）；如何做海豚式打腿和蛙式打腿；如何保存体力；如果遇到紧急情况该怎么做——解除负重，用力蹬水浮上水面。还有一张单子是需要谨记的事项：1.自信。2.绝对不要独自潜水。3.用意识控制身体。不过，还是没有提到如何潜得更深的窍门。我不明白为什么泰对此毫不在乎，尤其是米克告诉我泰比任何人都潜得深。

在学校的时候，我隐藏在自己制造的结界里。上复习课的时候，我几乎从不听讲，而是把泰的字条夹在书里一遍又一遍地读。我没有为考试做什么准备，因为我不在乎。如果我挂科了，他们就会把我踢出学校，那样更好，我就能整天潜水了。

我看着泰创作的小画傻笑，画的是莲花座造型盘腿而坐的我，在我嘴边有个对话框气泡，上面写着：**泰是最棒的师父**。这时我感觉耳朵被什么打了一下，一根橡皮筋飞过来落在我脚边。我当什么都没有看见，但下课铃一响我就被围住了。

"你那是什么呀？"艾尔莎一把抢过画，递给旁边的人看，然后把它撕成了碎片。

"不关你的事。"我说。

艾尔莎揪住我的头发，她的一个跟班踩住我的脚。

"我知道是你把烂水果放进我包里的，"她压低声音气呼呼地说，"别以为这次你能逃得过。"

她一挥手扯掉了我的一缕头发，疼得我想哭，但我在学校是不哭的。劳拉救了我。

"放了她，"她说，"去找别人麻烦行吗！"

艾尔莎盯着劳拉，有些吃惊，然后一把把她推开。

"好吧，你是想给你那可怜的小男朋友的妹妹撑腰，是吗？"然后她被一大帮跟班簇拥着走了。

劳拉一动没动。虽然我不想，但出于礼貌，还是逼自己对她说了声谢谢。然后我发现她之所以帮我只是为了跟我聊迪伦的事。

"我很担心他,"她说,"他好像在疏远我。家里都好吗?我知道他最近在忙考试,但我也有考试。"

我不会纠正她说我的考试其实还没开始,如果大家知道我实际上修了那么少的课程,会更让我成为众矢之的。

"对,一切都好。"我说,不知道迪伦有没有跟她透露妈妈酗酒,而爸爸已经离家出走的事。

"我猜你们要应付很多事。"她说,"如果你想要聊聊的话……"

她看上去真的很担心,我为她感到难过了。

我希望我的兄弟不是那种上了床就跑的家伙。

"我想迪伦还好,"我说,"他只是因为考试的事压力有点大。"

但她是对的。迪伦最近很奇怪。他总是做噩梦,而且他会吃我做的食物,甚至是减肥的食物。我得带他去海滩散散心,让他暂时离书本远点。我还想问他那天他在沙滩上到底是在看谁。我还没有拥有新的记忆碎片,而且在水里我感觉越来越自在,这让我担心也许我不会有机会再经历那样的记忆闪回。

14

一个大浪正在酝酿,风搅动着大海,海水看上去就像打得起泡的蛋清。我和泰约在船屋见面,我到的时候他不在。几分钟以后,俱乐部的大门被重重地关上,然后里面传来了说话声。我爬到外面,朝角落里张望。

丹尼和泰在露台上,看上去好像正激烈地争论着什么。风太大了我听不清他们的对话,最后那两句我听见了。

丹尼说:"你知道你该怎么做。"

"去你妈的。"泰回他,然后一下跳下两级台阶。我溜回船屋假装自己一直在屋里。

泰回屋的时候怒气冲冲,喘着粗气低声咒骂着,乱踢一通。他发现啤酒已经喝光了,就一掌拍在我的柜子上,里面的东西都被打翻了出来。

"你要喝吗?我可以去弄点回来。"我提议。这时候海瑞斯太太应该不在合作社,其他在那里工作的太太总是会专心服务她们的顾客。我可以在她们发现之前轻松地往口袋里藏四五听啤酒。然后我就跑回来。

泰重重地坐了下来,靠在墙上。

"不用了。"

我点了烟,递给他一支。即使在生气的时候,他抽烟的样子还是这么好看。

他的鼻梁上有一块难看的黄色瘀青。他发现我在看就扭过头去,这样我就不会多嘴。我却在想这应该不是泰和丹尼的第一次争吵。

过了一会儿,我说:"我吐不好烟圈。"我深深吸了一口烟,学着泰教我的那样点着下巴吐烟圈,但烟圈歪了。

泰用胳膊搂着我,告诉我他觉得歪的烟圈其实更好看。我忍不住又看了看他的瘀青——上面还有一个结了痂的小伤疤。

"一定是我睡着的时候撞到自己了。"他说着,轻轻摸了一下伤疤,身体微微瑟缩了一下。

我皱着眉头问他:"你刚才在跟谁说话?丹尼?"

"没跟谁。"

"泰,我听见了。你为什么不让他滚蛋?"

"他就是闲的。他说我必须多在潜水俱乐部帮忙,他觉得我不该整天和你混在一起。"

"所以呢?我想你不会听他的吧。"

泰站起来伸展了一下身体,好像怎么都不舒服似的。"他说你太脆弱了。"

我知道丹尼已经把艾迪的事告诉了泰。我不应该总是对他招手激怒他,而且有一天他还看见我在水里泪眼朦胧的样子。

"他跟你说了艾迪的事,是吗?"

泰沉默不语,只是在抽烟。我很抓狂,认为丹尼是对的,泰根本不在乎；然后我发现他可能都没有听见我说话。

"泰？"

他转过来伸手揉我的头发。他放下烟，把我们俩的额头靠在一起。然后，他和我分开又拿起了烟。

"我知道艾迪的事，"他说，"我很遗憾。你为什么从没跟我说起过他呢？"

他没有歪脑袋表示怜悯。相反，我在他脸上看到了失望，因为我没有亲口告诉他。还有些其他的。也许是爱慕。

"我不能假装自己知道你的感受，"他继续说道，"但你知道，你可以跟我说说，如果你愿意的话。也可以不说，如果你不想说。我猜你不想说，否则你早就告诉我了。"

我吻了他，吻在嘴唇上，他没有躲开，这让我完全放下了心。我们的吻让我完全忘记了恐惧，我感觉艾迪为我感到难为情，我把所有事都告诉了泰：艾迪失踪的那天，警察的搜寻，我的记忆碎片。我在说的时候泰一直紧紧抱着我。我看不见他的脸，但我知道他在听，因为我能听见他轻柔的呼吸，感觉到他的手指在绕我的头发。我从来没有跟任何人讲过自己的故事。所有我遇见的人要不早就知道我的事，要不就没有知道的必要。我告诉他我的家如何支离破碎，迪伦绝食和做噩梦的事。

"他半夜会尖叫着'你放开他！'然后醒过来，那完全是我的错。"

泰捏了捏我的手。"那不是你的错，艾尔。"

我坐起来看着他。他的眼睛湿润了，但他迅速擦干了。

我已经准备好告诉他我最大的秘密。

"是我的错，"我说，"在水里的时候我应该一直抓住艾迪的手，我不应该放开他但我却放开了。虽然从来没有说过，但我知道迪伦是怨我的。我爸爸也是。"

"别责怪自己。"泰几乎是在摇晃我,"不是你的错。你们还都很小。那里的水流是那么不可预测。如果你们被一个凶猛的浪头分开,被困在了激流里,你是什么都抓不住的,相信我,我很清楚。"

他递给我一支香烟,告诉我他愿意听我说更多关于艾迪的事。我们坐下抽烟,我告诉他艾迪的故事。说到那条狗和艾迪被挂在牵狗的绳子上的时候,泰被逗得哈哈大笑。

"他是怎么了?"我说了一会儿停下来的时候泰问我。

我被他问得退缩了一下,随后想起这不过是人们一般都会问的问题。

"我们其实也说不准,或者说妈妈从来不告诉我们。医生们总是变换说法,但可能是跟他出生时大脑缺氧有关。"

"我很遗憾,"泰说,"听上去他是个酷小孩。"

当我快要回去的时候,我感觉有点难过。我已经很久没有这样跟别人分享艾迪的故事了。与其说我拿出了自己身上的一部分,不如说我得到了更多的艾迪。罪恶感袭来。

"最难过的事情是,"我说,"我们不知道他到底遭遇了什么。有时候我想我们都在等他突然出现。我希望我们能找到他,那样我们才能算妥当地告别了。"

泰发出哽咽的声音,给他带来这样的负担让我感觉很糟糕,但我抬头一看,他只是在咳嗽。

"你可以在心里告别。"他平静地说,"也许你没看到他是件好事。在水里,尸体会变得没有人形。"

"真不敢相信你会这么说。"

我试着想象艾迪在水底的情形。他深色的卷发在水中蓬松着,嘴唇仍然红润，微笑着。这是我唯一能接受的画面。

"对不起，"泰看上去有些混乱，"真希望我能帮上什么。"

我转向他。"有件事你能帮我。"

"当然，任何事。"泰喃喃地说。

"带我去深潜点。"

他的嘴张得老大。

"没门。"他很强硬。

"有门。我想艾迪一定是沉到那里了，我想去看看。"

"你认为你能找到什么？"泰惊恐地瞪着双眼。

"什么都不会找到。我不知道。我不是说他的身体还会留在那里，我只是想去他离开的地方看看，就像有人在车祸里丧生，全家人都会去出事的地方献花吊唁。我也想那么做。"

"可是如果有人在河里溺水而亡，家人只会在桥上或者河岸边献花，而不是去河里。"

"那只是因为他们不能去河里。泰，我跟他们是不同的，我可以潜水，我知道怎么做。只有这样才能做个了结。"

"那不是终结的方法，最好的告别是开始过好你自己的生活。"

"你刚刚说你会为我做任何事。"

"我会。但那里太深了。你是不可能做到的，你得屏住呼吸整整四分钟。"

"我只是想说再见。"

他一把拉过我让我注视着他，用力地压在我身上。

"好吧，我会考虑一下。但是我们得低调一点，离丹尼和港口远一点。"

"我不会放弃潜水的。"

"我不是那意思。我是说我们得保证没有人会看到我们。我们晚上去潜水。"

"在黑暗中?"

"对,在黑暗中潜水更有感觉。那简直是种艺术。你必须从另外一个角度看问题。"

"我被你弄晕了。什么艺术?大海?"

"潜水。每一次下潜都是不同的,而且两个人一起下潜也会有不同的感受。你在同一个地点的不同时间下潜,体验也完全不同。就像绘画。如果你在另一种光线下或没有亮光的情况下欣赏一幅画,你对它的感觉将是全新的。你不这么认为吗?"

我扬了扬眉毛。"你疯了吗?你说去深潜点潜水太危险,黑暗中潜水就不危险了?"

但我已经为这个计划感到兴奋了。

我渴望黑暗。

"大海在夜晚会活过来。"泰说。

"谢谢你没有逃走。"我说。

"为什么要逃走?那太傻了,我哪里也不会去。"

泰紧紧地搂着我。

"我想念他,"我说,"我想念我的弟弟。"

15

　　第二天，泰像变了个人。我想依偎着他，一起商量晚上的潜水计划，但他的胳膊却僵直着，我感觉很不舒服。
　　"怎么了？"我问，抬头看着他。
　　"没什么。"
　　"好吧。既然你说那个下潜点超过了我的极限，那么我还需要训练。肯定有什么地方我可以进行训练，也许潜到三十米左右。"
　　"艾希，打住吧。这样没用的。"
　　"什么意思？"我不明白他在说什么，但我知道我不喜欢他这么说。我浑身发热，呼吸变得急促。
　　"我的意思是从现在开始我会变得很忙，我没有时间经常见你了。"
　　"我也会很忙的，下周就开始考试了，但我会挤出时间见你。"
　　"不。我们不能再见面了。"
　　"发生什么事了？昨天我们还在计划秘密夜潜，现在你就要甩了我？"我感觉昨天美好得不太真实，"是因为我告诉了你艾迪的事吗？我真是个白痴。我不知道为什么我认为你会懂。如果是这样的话，那太不公平了。是你在水里先抓住了我,让我开始思考所有的事。现在你要离开,因为你承担不了?"

"不,不是这样的。"

"好吧,那么肯定是跟丹尼有关系吧。我不相信你是这种胆小鬼。很明显他讨厌你。为什么你要听他的?"

"不要这样,艾希。跟任何人都没有关系,是我。我不想伤害你。"

"你已经伤害了我。"我的声音在颤抖。

"我很抱歉,"他喃喃地说,"没有我,你的生活会更好。"

一切毫无来由。他注视着我,好像我脸上有什么东西。我摸了摸脸颊,什么都没有。他伸手摸着我的脸,一遍又一遍,直到我感觉有点疼。

"你在干什么?"我问道。

他把手拿开了,好像我的话让他触电了一样。然后,他狠狠地吻上了我的唇。我试图推开他,却把头撞在了墙上。

"对不起。"他喘息着说。他摇晃着退后,抓起他的东西走了。

我追了出去,但他已经不见了。

我一动不动地站了好一会儿,我没有地方可去。之后我下了水,浸入水中。我甚至没有脱鞋。我不知道晚上大海是否会活过来。海水看起来漆黑一片,毫无生气。

一个小时后我回到家里,躺在床上哭泣,还穿着湿透的球鞋。跟我以往的哭泣不同。现在我不再发出抽泣声,眼泪无声地滑过脸颊,如果我哭出声,憋在胸腔里的空气就会跑掉。

16

迪伦快晾干了。他的皮肤变得干燥紧绷,锁骨上的皮肤绷得好像骨头就要从里面戳出来似的。他凸出的指关节很粗糙,上面分布着小血点,看上去很疼的样子。他还不时搓揉,朝着上面吹气。如果不是我知道怎么回事的话,肯定会怀疑他刚打完架。

他用脚把沙子弄到一块儿。每完成一堆沙山,他就抖掉脚上的沙子,继续堆下一堆。这是一年中最热的一天,我们都穿着牛仔短裤。来沙滩上玩能让我暂时忘记泰和我隐隐作痛的后脑勺。

"我们在弄什么?"我问道,往他的沙堆上堆了更多的沙子,"美人鱼?"

"你多大了,十二岁吗?不过,好吧,你可以负责做尾巴。"

"这不公平!我应该做上半身。"

"不行,那是男人的事。"

我推了他一下,他正好摔倒在自己的沙堆上,把它压平了。趁他躺在那儿的时候,我往他肚子上踢沙子,尽量不要踢到他脸上。他大笑着,我好久没见他的脸颊那么红了,然后我笑得也太厉害,笑得哭了起来。

"把我埋起来吧。"他说,笑得快喘不上来气了。

我们挖了个洞,迪伦跳了进去。我往他身上堆土的时候,发现他前额上长了皱纹。我想用手指抹平他额头上的皱纹,手里的沙子却掉进了他的眼睛里,他尖叫起来。他的脸扭曲得像白菜心一样。

"放松,"我说,"我只是在帮你去角质。"我用手指摩挲他额头的时候,感觉沙粒磨着我的皮肤。迪伦把脑袋从沙子里伸出来,我坐在他身旁看着大海。水面很平静。感觉似乎能将这平静的水面放在手心里。有趣的是,在不同的天气里,海水看上去竟如此不同。我开始理解泰说的不同的光线的意思。

"我怀念这样的时光。等你考试结束后,我们可以多来几次吗,像我们以前那样来野餐?"我问道。

"你也要考试,记得吗?"迪伦说。

"我没问题。每个人都说科技不及格是不太可能的,所以我至少应该能过一科。"我对他挤出一个我能挤出的最大的笑容。

"你没事吧?"他问,"你看上去好像哭过。"

"我会没事的。"我说,虽然我不认为我会再好起来。"那么,最近去野餐么?"

"当然可以,不过不能带三明治,我可不喜欢三明治里混进沙子。"

"迪伦,你一点都不胖,你知道的。"我轻声说。

当他坐起来的时候,沙子裂开了往两边滑下去。"我们回家吧。"他说。

17

迪伦和我到家时爸爸正好要出门。他把最后一个箱子搬上了车,妈妈站在门口,睫毛膏花了一脸。

"你不该这么对我,科林。"她抽泣着说。

他看见我和迪伦站在路上。

"照看好孩子们,行吗?"他对妈妈喊道。

他砰的一声扔了靴子,走到驾驶室门口。

迪伦跑向他。"不要走,爸爸!"他说。

"我不是永远离开,"父亲说,"你妈妈和我只是需要一点空间。我会回来的,好吗,伙计?"

爸爸拥抱了迪伦很久。我希望他能注意到迪伦已经瘦得只剩下皮包骨了。

我走到妈妈身边,用手臂搂着她。她手里还拿着爸爸的地图集。

"没有他你会过得更好的。"我说,她完全倚在了我身上。

我想我心里有一部分是希望她经历这一切,这样就有其他人能够理解我的感受——被你最信任的人抛弃的感觉。但是其实我们没有他会过得更好。迪伦和妈妈有一天会明白这一点。

爸爸走了以后,迪伦像一阵风似的进了屋,撞到了妈妈的手,地图集掉落在杂草丛里。

"是你把他逼走了,"他咆哮着,"你才是该走的那个人。"

我从没见过他这么怒气冲冲。我父亲总是有办法破坏我和迪伦难得的好时光。

第三部

艾迪：海藻被困在海底的时候他们会说什么？

艾希：我不知道。

艾迪：海带！救命！[1]

艾希：真好笑，艾迪。这是你的最佳笑话。

---

[1] 英文 Kelp（海带）与 Help（救命）是谐音词。

1

  爸爸已经离开家一个星期了，迪伦总是待在浴室里，开着热水龙头，把里面弄得热气腾腾好像桑拿房。他不肯跟我说话，因为如果那天不是我把他拉去海滩，他也许能拦住爸爸。爸爸每天都会打电话过来祝我们考试顺利，不过我一直忙着练习闭气，没空接他的电话。我已经有八天没有见到泰了。他一个电话也没打来。我已经考完三门课而且可能全都没过，还剩五门要考。我再也不能忍受任何复习课，在家里和迪伦在一起又太压抑，所以我把时间都花在泳池里，和整个黑岛上三岁以下的孩子以及七十岁以上的老人一起度过。我的日子正式变得很悲惨。

  我独自坐在泳池深水区的池底。水下没有可以抓住的东西，想要稳稳地停在一个地方是不可能的，我只能从一边漂到另一边。我浮出水面，身体和手臂溅起大片水花，一个带着孩子的妈妈向我这边投来嫌恶的表情，不过我一点都不在乎。我在自己制造的一片水花里上下翻腾，看着水涌出泳池的边缘，流到溢水沟里。

  一双有着金色腿毛的腿忽然出现在我眼前。我一抬头看见了丹尼。

倒霉。我的日子可能要变得更悲惨了。

除了回到水里无处可躲。一分钟过去，又一分钟，我实在憋不住了。当我浮出水面时他正蹲在我面前，手臂放在膝盖上。

"我看好像是你。我们能谈谈吗？"

"我很忙。"我答道，说着又沉到水里。

这次憋气只坚持了一分钟。

"我不是想吵架。我会在那边等你完事。"他指了指泳池边的一张长椅对我说。

我已经没有力气再沉下去一次了。没有什么办法可以再躲开他。

"那你把毛巾递给我吧。"我边爬上梯子边说。

我们在长椅上坐下，他身上散发出的热度让我不再发抖。

"你让我离港口远一点，可你没说泳池也不能来。而且我根本没必要听你的话。"

"我们可能第一次见面时有点误会。"

"我没有再见到泰，如果这是你想知道的。"

"我也很诧异，其实，我已经好几天没见到他。我爸快抓狂了，潜水俱乐部下周开业，现在到处都找不到泰。我们打不通他的手机——号码不存在。"

我在想泰会去哪里呢？这说不通，因为他来这里的目的就是成为米克潜水学校里的一名潜水老师。

"不过，是你赶走他的，是吧？"我问。

丹尼摸了摸脖子，他脖子上有个剃须刀刮伤的小口子，看上去很疼。

"听着，我没有让他走。我只是警告他不要伤害你。"

"好吧，我很抱歉你们缺了一个帮手，不过我也没办法。"

"也许你可以帮忙，我们需要你。"

我差点就笑出声来，想象不出他能有什么事需要我帮忙。

"俱乐部开业之前还有好多事要做，我们需要人员完成室内装饰。开业以后，我们需要人员维护设备，还有处理船上的事——潜水的时候跟我们一起坐船出海当观察员，以及做一些助手性质的工作。"

"原来你想让我当你的小黄人[1]。"我说，他觉得我会愿意当他的奴隶，真难以置信。

"不，不是那样。我们选你是有原因的——我们需要一个对潜水感兴趣而且不怕吃苦的人。你可以把这看作是学徒关系。"

"那么你会付钱给我么？"

"不是付现金，用潜水代替。我会给你上课，真正的潜水课。"

"我已经学会怎么潜水了，谢谢。而且，我还要准备考试。我太忙了。"我站起来准备离开，把浴巾紧紧地裹在身上。

丹尼也站起来，像一堵墙一样堵在我面前。跟他靠得这么近感觉很奇怪，让我想起第一次在船屋见到他时，好像就被他一眼看穿。

"好吧，"他说，"完全由你自己决定，不过你不想成为更好的潜水者吗？潜得更深，潜得更久？"

想！我几乎要脱口而出。想，很想，但是不想和你学。

"我要赶不上晚饭了。"我说，拧着头发上的水，水都滴在了他那双干燥的脚上。

"好吧，如果改变主意了记得告诉我。祝你'复习'好运。"他边说边对着泳池点了点头。

---

1 电影《神偷奶爸》中的角色。

***

其实并不是我改变了主意。我去港口不过是期望能在那里见到泰。俱乐部的墙刷成了深蓝色，吧台区域装饰着漩涡状花纹。船上的男孩躺在地板中间深红色的毯子上研究地图，喝着可乐。泰不在。胆小鬼。我伤心地想哭。

雷克斯第一个发现了我，叫我过去。

"嘿，美人鱼！你好吗？"

丹尼拍着他身边的毯子问我觉得这里怎么样。"挺好的，"我边坐下边回答他，"像是在海底一样。"

雷克斯用一根手指戳在地图上，我凑近看发现那是一张复杂的海床图纸。他解释说，在洛西茅斯[1]有一艘沉船，位于四十三米深的海底。

"我们这一两个月就要去。你想一起来吗？"雷克斯问我。"丹尼说你现在是我们的新观察员了……"他说完就不见了踪影。

"她可以跟我们一起下潜，"丹尼说，"泰一直在教她潜水，教了一些皮毛。不过我会教她如何真正地潜水。"

男孩们都不作声了。

我吸气，按照泰教我的方式，首先吸入腹中，然后进入肺里，盘腿坐着，这样保持大概一分钟。一分钟到了，我跳一小会儿舞，假装自己的双臂是海豚，翻腾，转身，下潜。哪怕那些船上的男孩，包括丹尼在内都已经笑得前仰后合，我依旧把气息保持在体内，直到自己的身体达到极限，好像每个细胞都尖叫着要呼吸氧气，我才把那口气呼出去，感觉非常棒。

---
[1] 苏格兰地名。

"太棒了！"雷克斯赞叹。

"过奖了，谢谢。"我回答。突然间我似乎变成了一个全新的自信的我。乔伊在我旁边假装要自杀的样子。我记得泰给我上的第一课。第一步：自信。我在心里微微一笑。

"那现在这里叫什么名字？潜水学校不是都该有名字吗？"

"实际上，你的第一项工作任务来了，艾希。"丹尼说，"我们要在门口画上我们的名字——黑岛潜水者。"

"这个吗？听上去不是很激奋人心。"

"这个名字看上去挺一目了然，"丹尼说，"我们希望让别人明白我们是干什么的。"

"了解，不过就是有点乏味无趣。人们可能认为这里只能潜水，实际上，来这里可以约会，赏船，欣赏美景，还能吃东西。"

其他三个男孩想了一小会儿，然后雷克斯说："她是对的。这个名字糟透了。"

"我们不能改了。银行账号、电子邮件地址，所有的东西都是用这个名字注册的。"丹尼轻蔑地说。

"那就只改俱乐部门口的名字吧。"乔伊说，"无极限咖啡怎么样？"

"海豚。"雷克斯说。

"黑鳍怎么样？"我建议道，虽然立刻就后悔了，但已经晚了。

米克从吧台后面探出来。"完美！"他说，"还有什么好主意吗，艾希？"

也许艾迪不会介意我用他的创意命名这个地方。我跳起来跑到后面的角落去。"还有，你们应该保留那些垫子。不过最好挪到这里来，把电视机移到这边，人们就可以在这里看电影。而且应该邀请莱拉·辛克莱尔参加开业典礼。"

米克吹了声口哨。"我想她现在应该在巴哈马,不过我会试试看。"

我感到很兴奋,这是和泰一起计划夜潜后第一次有这种感觉。最终我还是问了乔伊,泰是不是已经回到多尼去了。我直觉泰可能最信任乔伊。乔伊看着雷克斯,雷克斯耸了耸肩。好像没有人知道。泰这次把隐身术施展得天衣无缝。

"我想他一定会回来的。"乔伊说。

无论泰为什么消失,我要再见到他最好的机会就是和船上的男孩打成一片。到某个特定的时间点,他必然会回来。同时,我还能学习潜水。我会学着潜得更深。

我们回去接着研究海图。

"在这里。"乔伊说着把我的手指移到一块深蓝色的地方。十八米是我的最深潜水纪录。要潜到四十三米,我还有很长的路要走。

2

一整个星期我都在粉刷和摆放家具,中间还参加了几场毫无意义的考试。后来丹尼终于允许我跟他和船员们一起去潜水。我熬过了数学考试,差不多,不过就是下半张卷子上的问题几乎都答不出来。然后中午我就赶到了港口。乔伊和雷克斯在喂港口墙上的海鸥。他们都穿着新的比赛潜水服,背后有红色拉链。雷克斯拿了一块面包伸到乔伊嘴边,猛地缩手,又一下子全塞进了乔伊嘴里。乔伊用胳膊肘捅了一下他,继续喂咕咕叫着的海鸥。

"我们要去三明治湾,"不知从哪儿突然冒出来的丹尼说道,"那儿有个水下洞穴,想一起来吗?"

"好啊,当然想。"我说,尽管洞穴让我害怕。

丹尼递给我一个黄色的防水袋。

"借你的,就今天。"

袋子里有一块潜水手表和一件潜水服。潜水服挺紧的,不过比迪伦那件臭烘烘的旧潜水服穿起来舒服多了。我有点喜不自胜,差点扑上去搂住丹尼的脖子。

"半途"是港口最小的船之一,刚刚能容下我们四个。小船缓缓地向前行进,正好给我充足的时间来调整心情,最终我们到达一个小海湾。它离我和泰以前去潜水的地方很近,沿着那条海岸线往北一点。我有点紧张,但很兴奋。我们把船系在嶙峋凸起的怪石上,这里能躲避风浪,方便我们在船上穿戴好装备。我努力拽上潜水服的时候胳膊肘撞到了雷克斯几次,他夸张地大嚷我对他毛手毛脚。乔伊叫我别搭理他。丹尼指出那个洞穴的位置。要到达那里我们需要游回大海,绕过去转到下一个海湾。

海水冰冷刺骨,还好我穿着潜水靴,游泳也能让我暖和点。

当我们到达下一个海湾时,丹尼停下不再游了。"等一下。"他说,在水里拉住了我。他死死地盯着崖面,好像有只怪兽就潜伏在水下。可能是尼斯湖水怪。我紧张地傻笑起来。

"我们今天不能下水。"丹尼说,"有一股激流,我能感觉到。"

我四下张望了一下。海湾的水面就像水库一样平静,冰冷的海水包裹着我的腿,似乎纹丝不动。

"别像个娘们,丹尼小伙,来吧,我来带路。"雷克斯说着就游了出去。

"跟紧我,艾希。"丹尼说道。然后他加快速度去追雷克斯。我追上他们的时候已经累得快喘不上气来。丹尼现在又重新成为我们的头。我不禁暗自思忖他是不是其实有点害怕进洞穴?这个念头反而让我对他涌起一股柔情,不过很快我打消了这个念头。

"洞穴的入口在水面以下五米。我们到那儿以后,跟随灯光前进,保持用力踢水直到抵达墙壁那端,然后采用蛙式踢水直接浮上水面。"丹尼说,"注意那些突起的石头,一只手保持靠近墙面,另一只手高过身体。"

我们潜下去以后,丹尼指了指一条通向洞穴的被珊瑚礁覆盖的石拱道。我希望他领头,可是他示意我先进去。拱道里面漆黑一片。我拼命往前游,每次踢腿脚蹼都打在珊瑚礁上,终于我看见了头,海水从暗黑变成了混沌的绿色。当我游到远侧时,我抬头目测水面就在头顶不远几米之遥。我开始疯狂地蛙式踢腿,但脚蹼却显得碍事。我们只在水下待了不到一分钟,但我已经很想呼吸一口新鲜空气。就在我满脑子都想着怎么甩掉脚蹼时,丹尼出现在我身边带我们向上游去。海面似乎永远也到不了——清澈的水欺骗了我的眼睛,海面远比我认为的要远得多。

最终我们都冲出水面,丹尼询问我是否还好。

"我还好,除了脚蹼不太合脚。"

"脚蹼没问题。你只是需要再好好练练踢脚蹼的动作。"他说。

"我该怎么改进?"我问。

"你的动作没有效率。"

"对,那我怎么才能做得更好?"

他用手演示给我看,手指在前后动作,好像踢着不存在的水。我看得一头雾水。泰能告诉我该怎么提高。他会亲自演示给我看,然后再给我画一张动作分解示意图,我练多少次都可以。

我想他。

丹尼爬上了几级石头凿出来的台阶。我在水里拽掉脚蹼,一蹬腿跟了上去。台阶通向一块礁石。我坐在上面,脚垂在礁石边。这个地方看上去是水流常年冲击石头形成的,但明显是有人花了很长时间在岩石上凿出那些台阶,还要保证它们很平稳。通过这段险路一进到里面,我立刻被眼前摄人心魄的景色震撼。阳光透过顶上的两个裂缝射进来,洞穴里一片金光。成百上千的钟乳石从洞顶垂下来,水光潋滟，晶莹璀璨。丹尼坐在我旁边。

我们往下看，下面影影绰绰，是雷克斯和乔伊正破水而出。

"刚才真是瞎担心。"雷克斯上来的时候说，"这里你可以一眼看到底，你看见没？"

我并没有往下看，刚刚太专注于要浮上水面了。但他是对的：这是我见过的最清澈的海水，这里没有通常会让海水变浑浊的沙子和小石头。

"欢迎来到王的宝地。"雷克斯说，好像这是他的领地，"这里难道不是你去过的最酷的地方吗？"

"太神奇了。"我说，还在为这一切感到心怀激荡。虽然这里的空气有股霉味，但能置身于一个水下洞穴实在太让人激动了。要是早点知道这个地方，我会选择这里作为自己的避风港。

"看见宝座了吗？"雷克斯指着我坐的礁石对面一小块被围出来的凹陷说，它看上去真的很像一个宝座，"我们总是从外面带一块卵石进来，把它们放在那里，为了能够获得好运。"

雷克斯把自己的幸运石放在宝座上，一个后空翻回到水里。我们看着他沉到底下又浮上来，上升的身影像鱼雷一样放大靠近。

乔伊爬上台阶把他的幸运石递给我，让我帮他放上宝座。这块石头很小，很沉。我站起身来，一阵眩晕，我试着不往下看。丹尼抓住了我的手。"别去，很危险。"他说。我甩开了他的手。我一寸寸地向着宝座挪动，一只手一直扶着洞壁，直到石廊变宽。最终我抵达了宝座，里面有各种彩色石头闪闪发亮，笼罩着红色、绿色、蓝色的霓光。我瞥见一抹金黄色的东西，藏在后面那些黯淡的石头中间。我用手在那些石头里摸了一通，石头的质地手感各异，有的光滑，有的尖锐，有的粗糙。但我探得更深，手指被什么东西卡住了。太黑了，我看不清那是什么——有点像渔网,或者是海洋垃圾。我从宝座里抽回手,欣赏着周围的风景。船上的男孩都在我对面的礁石上。丹尼脸色煞白,好像快要跪倒似的。我正要问他怎么了,雷克斯就喊着让我跳下去。我不会再冲动了。我沿着礁石往回挪,当我回到他们中间时,丹尼脸色恢复了正常,但仍有些惊魂未定。在礁石上绷紧的神经松弛下来,我开始发抖,丹尼说我们不能久待,因为这里的空气太稀薄。返回的途中我对周围的环境看得更仔细,我发现拱道覆盖着贝类,软软的蓝色珊瑚看上去很像手,摇摆的手。

"死人手指。"回到船上以后丹尼告诉我,我打了个寒战。

"你让我印象深刻,艾希,"雷克斯说,"你潜得不错。不过,下次你应该试试从礁石上跳下来。那个怂包是不敢的。"他冲着丹尼抬了抬下巴,换来一个白眼。

"因为那太危险了。"他说。

回到黑鳍,我们都围在火炉边烤火,丹尼说我可以留着那件潜水服和手表。

"和解礼物。你可以把它们存放在这里,每次潜完水都冲洗干净就行。"

这是一年来我的第一件新衣服。"谢谢你。"

他在我身边坐下,我正在用毛巾擦干头发。

"我很抱歉如果我表现得保护欲太强,"他说,"我知道你弟弟的事,我控制不住自己。"

我停下擦头发的手,盯着地板。

"你的家人还好吗?"他问我,"住在这里一定很难熬,到处都是记忆,到处都是水。"

我不知道为什么他看不出我并不想跟他谈艾迪的事。

"都还好。"我说,"为什么这么问?"

他把双臂抱在胸前。"我不知道。对不起。我只是忘不了。那时候大家都很痛心,这件事被谈论了好几个月,所以就成了很难抹去的记忆,我想是这样。现在我每天都见到你,不知不觉就会想起来。"

"我很抱歉勾起了你对伤心时光的回忆,"我的回话听起来比我的本意更讽刺,"还有,谢谢你带我去洞穴。"

"我很高兴你没有跳下礁石。永远不要跳。雷克斯是个白痴。"

"你是因为这个才怕得像见鬼了一样吗?因为你怕我会跳下去?"

"什么?"

"当我站在宝座旁边的时候,你看起来好像吓坏了。"

丹尼胡乱拨弄着 T 恤上的一根线头。"嗯,没错。我以为你会跳。再帮我个忙,永远不要独自去那里,好吗?"

我点了点头。我并没打算一个人去。

我心神不宁地走开了。丹尼让我生气,是他赶走了泰,他问的问题都让我反感。可是他看上去真的有点悲伤,看得出他在努力讨好我。我脑海里毫无预兆地跳出我们俩在接吻的画面。我迅速挥去了丹尼的面孔,开始想念泰。

3

第二天，我们粉刷了俱乐部的门面，并正式命名它为黑鳍。米克买了一个印模，确定好它要印的位置以后——尽管米克和丹尼坚持这是只有他们才能碰的工作——我很荣幸负责粉刷字母的部分。米克扶着梯子还不忘一直告诉我我做得很棒，然而雷克斯却不时朝我喊着，这里刷少了点，那里又刷漏了点。刷完以后，米克请我喝了饮料来庆祝。我仍然每天都在想泰，不知道他是否想念着我，但每次我一沉溺到自己的思绪中，丹尼就会把我拉回来，就像他能感觉到我在想什么。然后他就给我安排工作，这暂时分散了我的注意力。但用处不大。我一整天都在幻想自己和泰一起潜水或者和丹尼接吻。一定是我的荷尔蒙在作祟。

"有人想跟我们去浮潜，"我喝完饮料后，米克对我说，"我们的第一批客户。你能负责把装备都准备妥当吗？"

"潜水俱乐部已经正式对外营业了？"

"尽管困难重重，最终还是开业了。"他说。我不知道他说的困难是不是指泰的不辞而别。

他递给我一张清单,上面写着潜水服和脚蹼的尺寸。我并不想接这个活,我只想坐在这儿想着泰。但我没理由抱怨,因为丹尼已经对我够好了,他不仅送了我一件新潜水服,还答应带我多去潜几次水。

　　"你想来的话可以一起。"看我没有马上走开,丹尼说。

　　"我去不了,"我无力地说,"还有几场考试要复习准备。"

　　"哦。我忘了你还在上学。"他答道。这让我感觉自己很小。我不知道他是不是故意这么说的。

　　我对自己也嗤之以鼻,因为我都说不清他给我什么样的感觉。有时感觉很兴奋,似乎自己被他当成了一回事,有时又感觉我只是他不小心踩到的什么东西。

　　我走出去,进了后院,想找出尺寸正确的装备,搬运装装备的板条箱时弄出了很大的声响。我不知道这里会有这么多东西。它们看起来都很新。米克过来帮我搬最重的箱子。

　　"没有你我真不知道我们该怎么办。"他说,"你知道吗,你就像我的女儿。"

　　瞬间,我感觉好多了,他假装在我手臂上打了一拳。

　　"我喜欢你在这个地方做的事。"我说。

　　"谢谢,艾希。我只是希望我能早点这么做。"

　　"那你为什么没做?"

　　"我得确定这是正确的事。"他回答道。

　　"那么你后来是怎么确定这就是正确的事的呢?"

　　米克抱起最后一个箱子,大笑起来。"问得好。最后,我意识到我永远也不会知道答案,除非我亲自去尝试。如果答案没有出现,你就要自己去找。"他对我眨了一下眼,我真想给他个拥抱。

　　"你随时都可以找我谈心。"他说,"泰会回来的。青春期的爱情,

145

总是很难。"

"我不爱他,"我说,"我甚至不喜欢他。"

我想问米克,他和丹尼的妈妈之间到底发生了什么,他爱过她吗,他爱过谁。我感觉他背负着一个悲伤的故事。

"艾希,我给你的建议是,跟随自己的心,而不是你的头脑。因为你的头脑不知道它需要什么,而是站在道德高地上思考。如果你的心不快乐,当你试着与别人交心,你会让别人也不快乐。"

"哇哦,曼洛希最有深度的父亲。"我说。

他朝我脸上扔了一条臭烘烘的湿毛巾,一把把我拉进怀里,在我的头发里低声咆哮。

4

丹尼演示下蹲的时候我一直忍着笑。

我们在码头下面的沙滩上,背离福特罗斯方向。这片沙滩很窄,而且被海岸步道边的浓密的树丛完全遮住。即便没有人能看见我们,我还是感觉很尴尬。

"我觉得很可笑。"我半蹲着说。

"你是在认真训练吗?"丹尼用力往下压我的肩膀,我的大腿肌肉感觉都快撕裂了。

强化训练简直就是一种折磨,丹尼让我做弓步、下蹲,在卵石滩上上下跑,躺在水里抬腿。最后,我的腿软得像果冻一样,我都站不起来了。我不禁在想迪伦是怎么把这种折磨当享受的。

"我们要去潜水了。"丹尼说着拉上潜水服的拉链。

"我不行了。"我说。我现在只想睡觉。

"你行的。"他温柔地说。

他跪在我的头旁边,把贴在我脸颊上的发丝拨开。他的触碰让我有触电的感觉。

"水能让你清醒过来。来吧。"

突然他的脸贴得很近,他的唇离我的只有几英寸。他知道我一直在想他吗?在他有下一步动作之前,我坐起身,担心我们之间会发生什么。他抽身退后,有点窘迫。

我们潜水上来后去冲洗潜水服的时候,丹尼搭着我的肩膀,我说:"我觉得你真的很勇敢。"

我侧身让他的手从肩上滑下。

"我们明天还能再去那个洞穴吗?"我一边把潜水服翻来覆去地冲洗,一边问他,尽量不去看他,以免我会突然吻他。

"不能。"丹尼马上答道。他的声音和语调让我感觉我们之间有点怪怪的。"风浪很大。太冒险。"

"那能去深潜点吗?"

丹尼拉了拉自己的 T 恤衫。我猜他会告诉我太危险,风浪太大,太冒险,但他只是清了清嗓子。

"很快。"他说。

"快要放暑假了,"我提醒他,"我可以每天都训练。"

"那就好好训练。"他说,"去深潜点你需要钢铁般的大腿。"

他歪着脑袋,勉强扯出一抹笑容。我突然意识到我之前完全误解了他的肢体语言。他不是对我有意思——他只是同情我。

5

星期日,我的牧羊人派正在烤箱里冒着泡。上面的芝士顺着烤架滴下来,在烤箱底部吱吱作响。迪伦正趴在厨房桌子上复习功课。

明天我们都要参加最后一场考试。生物考试日。

"让我考考你。"我说。

他把生物课本递给我。他的黑眼圈很深,颧骨高耸像要从脸颊上戳出来似的。

"DNA和RNA的区别是什么?"我问。

"DNA是双链结构,RNA是单链结构。"

"不止这些。"

他呼呼地大口出气,手叉着腰,大拇指掐进肋骨里。

"糖不一样。我不知道,想不起来了。"

"再想,"我说,"你一定得会,明天就要考了。"

"嘧啶和嘌呤碱基。"他做了个过的手势让我问下一个问题。

"错误答案。"

他抓起课本,飞快地翻动书页。

"你的脑容量缩水了。"我说。

后来,我快速浏览了一遍自己的生物课本,而迪伦花了一个小时打电话给父亲求他回家。我跟着他来到浴室,在他试图关上门的时候,我用脚抵开了大门,因为我现在比他更强壮,他跌跌撞撞地回到洗脸池边上。

他在发抖。

"求你,艾希,让我一个人待着。"

"不!"

我推了他一把,他差点失去平衡。现在他像妈妈一样瘦骨嶙峋,只是比她要高一英尺。

"我不走。"我抱着双臂。

"随便你。"他说着把我推开,走到马桶那里。

他刚在马桶边弯下腰,我做的牧羊人派就像牛肉浓汤一样从他的嘴里喷射出来。他直起身又趴了下去。我捂着嘴和鼻子,眼里涌满了泪水。

"别哭,"他擦着自己的嘴,"对不起糟蹋了你的派。"

我大声抽泣起来。

"你怎么会这样?"我问,依旧捂着自己的脸。

"甚至没有……"

"就是这样,"他说,"我弯下腰就这样了。"

"天啊,迪伦。你需要帮助。我要跟妈妈说,也许你能跟她的心理医生聊聊。"

迪伦一下抓住我的手腕,凑过来。"你敢告诉任何人,我就把你潜水的事说出来。"

"好吧，冷静点。我不告诉别人。"我说着把头移开远离他的嘴，"你为什么不冲个澡？你的味道好难闻。"

他冲澡的时候，我从他床边的抽屉里找到了通便剂药片，我吃了三颗，但什么感觉都没有。我把剩下的都藏在床底下，和我的超级药店存货放在一起。

我想象自己未来的生活。等迪伦把自己饿死，我就是眼睁睁看着两个兄弟去世。父亲再也不会回来了，留下我和妈妈。每天都会像是心理治疗。我不知道我能不能屏住呼吸一整年。我跟自己玩一个游戏：明天早晨如果我能比平时多屏气二十秒，我就再看一遍我的考试笔记。

6

终于,考试结束了。我放暑假离开学校之前去科技教室取自己的船,但它没在我之前放的抽屉里。我怒火中烧。艾尔莎。我到处找遍了,所有的垃圾桶,桌子底下,柜子后面,哪怕能找到船的部件。什么都没找到。我问琼斯先生,他皱起眉头。

"问他,"琼斯先生指着弗兰克说,"他总在这里,他可能知道。"

"你把我的船怎么了,弗兰克?"

"放松。"他平静地说,"我从那个总是骚扰你的丑女孩手里救下了它。"

他走到自己的抽屉前,从一个木盒子里拿出了船。

他的盒子很漂亮,比我的船强多了,让我嫉妒。盒子上刻着的线条组成不同的形状,很像数学或物理符号。我应该更努力的,应该花更多时间做我的船,而不是用来读潜水笔记。弗兰克打开盒盖拿出我的船。船完好无缺。我一把从他手上抢过来,然后才想起说谢谢。

"很棒的船,"他跟我说,"帆的比例很完美。如果是真的船,一定能航行得很远。"

"谢谢,"我又谢他一次,"我也喜欢你的盒子。"

他脸红了,问我愿不愿意和他一起去捕蟹,这时劳拉走了进来。

"艾希,我到处找你。"

她站在我和弗兰克中间,一手撑在自己臀部上,还把头发甩到弗兰克脸上。她最近总是找我,在过道里找我搭话,求我告诉她迪伦在哪儿,问我为什么他不约她出去了。

"我不知道他在哪儿,"我告诉她,"他一个小时前刚考完最后一门,我猜他应该是去庆祝了。"

我忍住喉咙里的哽咽。他实际上跑出了考场,而且他看上去不像有庆祝的心情。他看上去像是急忙跑去呕吐了。

"其实,我已经不在乎他了。"劳拉说,"我来是想问你想不想暑假一起出去玩。一起去因弗内斯或者干点什么。"

"艾希和我正计划去岩石水潭玩,对吧,艾希?"

劳拉脸上惊骇的表情让我发笑,突然之间去岩石水潭玩变成我最想做的事。要说有什么原因,那就是这能使我平静下来。

"对,我们在计划,"我说,学她甩头发的样子,不过学得很糟糕,因为我的头发又卷又厚,"你为什么不一起来呢?"

现在弗兰克的脸沉了下来,不过他总不能一切都顺心如意吧。要么就劳拉和我们一起,要么我压根就不会去。我不希望弗兰克想歪了。劳拉还不算差,真的,只是有点瘦。而弗兰克,那是我欠他的人情,我想。

我们计划好第二天去,因为我想尽快做完这件事,那之后,学校里的事才算真正完结了。

7

我醒来时感觉自由。不用上学。没有艾尔莎烦我。接下来两个月,只有潜水,没有其他的事。在我起床前,我屏气三分零十秒。快了,很快我就能练到四分钟。我快要准备好去深潜点了。

我拖着脚步穿过过道来到迪伦的卧室门口,把头贴在他的门上。他房里散发着呕吐物和喷雾剂的味道。迪伦在翻身。他的脚伸到了床尾,在微微抽搐。

"迪尔,你醒了么?"

他哼了一声,我晃荡到窗边,以前艾迪的床就放在这里。从这里能看见整个墓地,一些墓碑在阳光下闪着光,好像在对我眨眼,好像在召唤我下去。我转过脸。

"醒醒,醒醒,大懒虫。"

"走开,"迪伦低吼着,"我在睡觉。"他把羽绒被踢到空中,把脚重新缩回被窝里。

"但是已经放假了。"

"对极了。"他咕哝着。

"我一会儿和劳拉还有弗兰克去岩石水潭玩。你想来么？"

迪伦把头伸出羽绒被，盯着我。他看起来比昨天更糟，嘴唇龟裂，面色死灰。我往后退了一小步。他这个样子能在僵尸电影里当个临时演员。

"应该挺好玩，"我说，"我们去抓螃蟹。"

"听上去很有趣。你为什么带她去？"

因为她自己要求的；那样我就能假装正常；因为那可以为我这个假期真正要干的事打掩护。

"因为没别的事可干，而且不知道为什么你女朋友想和我交朋友。"

"她不是我女朋友。"迪伦坐了起来。他头发油腻腻的，都粘在前额上。

"不过她觉得自己还是。我的意思是，她说自己已经不在乎你了，不过我不相信。一个星期之前她还一直在疯狂地到处找你。"

他懒洋洋地笑，好像他累得笑不动似的。

"那个姑娘有毛病。"

"好吧，如果你跟她分手了，我是在帮你擦屁股。"

"我没叫你去。"他答道，"好了，你出去吧，我要穿衣服了。"

他往我这边扔了一只臭袜子。

我离开的时候发现衣柜后面卡着一个绿色的东西。那是我的一个毛绒玩具——贾斯帕青蛙。我把它拉出来，在门厅里抖掉灰尘，灰尘在空气中盘旋了好一会儿才慢慢落在楼梯上。

在厨房吃完早饭后，我给妈妈展示了自己完工的帆船。今天天气太热了，热气甚至都冲进了屋里，所有的东西表面都是热烘烘的。我把船捧在掌心里，妈妈仔细地看着，她用手指拂过光滑的木头。她吹了吹粘在脸上的发丝,抹了一把额头的汗。

"真的是你做的?"她声音中的惊叹让我感到自豪。

风帆的曲线刻得好像鼓满了风,一个小小的我的模型正从船舱后面眺望着前方。我给她演示了帆上的拉绳以及怎么用它们让帆打开合上,她不停地低声赞叹。

"还有防水功能。"我告诉她。

"你应该试一下,艾希,看它能不能浮起来!"

她的双颊通红。她靠在水槽边,伸手把窗户打开,好让空气流通。

"我有个主意。"我说,把船放在餐柜上。

"做一个戏水池。"

她深吸了一口气,我以为她会哭,然而她却微笑着。

"是一个很棒的主意。"她温柔地说。她保持着笑容,可我却注意到她的下巴在微微颤抖。

我们三个人把戏水池拖到了花园里。水池已经好多年没用过,迪伦认为上面有一个洞。他找来了他的自行车修理工具箱,把头埋进那堆橡胶里,仔细听有没有跑气的声音。妈妈拆开软管开始放水,我和迪伦则轮流踩着充气阀给水池充气。用了很长时间才弄完,因为迪伦总是停下来检查有没有漏气的孔,至少这是他的说法。我必须一直盯着他,希望我不需要给他叫救护车。我不知道还能为他的病保密多久。

最终,池子里灌满了水,而且它不会漏气。里面不知怎么已经有一些草和枯叶浮在水面上。水池底部皱皱的,因为有多年折起来没用留下的折痕。不过在炎热的夏季,它看起来还是很诱人。

妈妈上楼了,下来的时候换上了游泳衣和一条白色牛仔短裤。

她纤细的腿看上去很柔滑,好像她刚涂了润肤乳。

"来吧,艾尔,进来吧。"

我把裤子卷到膝盖上面，爬进了池子，把船小心地放在水面上等它稳定下来。

"真的行！"她尖叫起来。

甚至连迪伦也为之所动。他建议我装上一个马达看看它能开多快，但我告诉他那样它就不是一艘帆船了。

"真是太厉害了。"妈妈说。她亲了我的脸，我看到迪伦对我们皱了皱鼻子，不过我还是乐开了花。我甚至都不介意她涂了我的唇膏。我们看着船在池子里漂浮旋转，它扬着帆，随风起伏。后来我把它拿进屋弄干收了起来。

等我再出来的时候，妈妈躺在池子里，还穿着她的短裤。她把手挂在池子外面，示意我也进来。迪伦用脚绊了我一下，我一下脸朝下摔进了池子里，还好没撞在她腿上。我转过来看她，担心我刚刚伤到她了，却看见她正在哈哈大笑。

"很美，不是吗？"她抬起头迎着太阳。

"我们应该经常这样。"

"也许我们这周可以找一天去仙女峡，"我说，"去瀑布里游泳。"

妈妈点了点头，抚摸着我的头发。"我们过得还不错，不是吗？"

迪伦躺在苹果树的树荫下，假装睡着了。劳拉按响门铃的时候，他跳了起来。

"说我不在。"他说着跑上楼梯，呼哧乱喘。

8

现在正是福特罗斯的旅游旺季。观光客大多会待在仙隆里普安特看海豚或者打高尔夫,于是我们就去了罗斯马基的海滩。我们一直走直到找到一个没人的小海湾,那里有很多岩池,可能藏着不少螃蟹。

弗兰克跑在最前面,他找到一窝螃蟹的时候回过头来大声喊我们过去。我和劳拉慢吞吞地跟着他往岩石上爬。劳拉怕弄脏她的白色帆布鞋,而我担心扭到脚踝就没法潜水了。

"迪伦是在躲着我吗?"劳拉问找。我们站在岩石顶上,俯瞰海水拍溅起的水涌入岩池。

"没。"我说,答得有点过快了。

"我敲门的时候好像看见他跑上楼梯了。"

"他是跑去洗手间。宿醉。"我撒了谎,"他昨晚进城去庆祝放假。"迪伦应该庆幸我很会撒谎。

劳拉用脚踢着石头,石头碎片掉下去,她的帆布鞋上沾满了红色的粉尘。她想用手擦掉那些粉尘,反而越擦越脏,变成一片污渍。我四下搜寻弗兰克的踪影,他在我们就能聊点别的了。不管是聊螃蟹还是聊虾,都比聊迪伦强。

"也许我们周五可以去因弗内斯玩。"劳拉提议。

"迪伦肯定不乐意。"

"不是,我是说你和我。"

"没法到那里。"我说,指出这个计划的缺陷。我想不出比喝醉的同学挤满吧台更糟糕的事。

"坐巴士。"劳拉提议。

"怎么回家?"

"呃,打车?"

"没有钱。"这是个好借口,而且是事实。

"我可以跟我妈借点。"她说,心不在焉地拨弄着自己的耳环,"我等不及想自己开车了。你明年有驾驶课吗?"

"为什么要开车?我步行去哪里都行。"

"你真逗。我的意思不是在这里开车。我是说开车进城。去别处。"

"我不想去别处。"我对她说。虽然我想去别处,但它不是开车就可以去到的地方。

"拜托,就跟我一起进城吧。所有人都会去。如果你是担心艾尔莎,她不会去的。她要北上。"

她提起艾尔莎让我心烦。我不知道是不是因为她和艾尔莎闹翻了,所以才来找我玩。也许艾尔莎对她也不怎么样。不知道泰现在在哪儿。我想象着他和海豚一起游泳,和另一个女孩接吻。

我朝弗兰克点了点头。"让他和我们一起去?"

劳拉捏着鼻子说:"没有别的意思,不过最好就我们俩。他臭烘烘的。"

弗兰克疯狂地朝我们挥着手,他抓住了一只掉了好几条腿的大螃

159

蟹。我也冲他挥手,但他摇着头,召唤我们下去找他。

"我们在这里也能看见。"我高喊。

弗兰克把一根手指放在嘴唇上让我们小声点,然后指着我们后面的石头。他看上去快被吓尿了。

我从岩石上爬下来,劳拉小心地跟在后面,扶着我保持平衡。"水獭。"当我们下到地面,弗兰克说,他以为很小声,其实声音很大。

我的心扑通直跳。我从没在这么远的海滩上见过它们。我有点希望弗兰克错把海豹当成了水獭,但它们就在那里。三只水獭。两只大的中间依偎着一只小的。水獭宝宝毛很厚,看上去几乎是纯黑的;脸很小很圆,胡须几乎跟身体一样长。我真希望自己带了相机,那样就能拍下来给迪伦看。我们坐在巨石上,看着潮水温柔地洗刷着它们。

"它们危险吗?"劳拉躲到我身后轻声问。

"别傻了,"弗兰克说,"水獭宝宝就像小狗一样。"

劳拉在我旁边似乎很紧张,我轻轻拍了拍她的腿。我告诉她,它们其实更怕我们,不过我觉得她不信我说的。水獭宝宝朝我们这边看,瞪着一双黑漆漆的眼睛。

过了几分钟,弗兰克把他的桶浸到岩池里。我听见里面有什么东西在挣扎发出咔嗒咔嗒的声音。

"是一只小螃蟹。"他不以为然地说。

"你刚偷了它们的食物。"我说。

他往桶里看了看,又回头看了看水獭。"它们没在捕食,它们在休息。"

我给劳拉讲水獭怎么在岩石上敲碎螃蟹的壳好吃到肉。"它们真的很聪明,就像人类一样。"

两只大水獭一半身子在水里,一半身子露在外面,前爪放在水獭宝宝的头旁边保护着它。它们长长的胡须在阳光中变成了金色。

"水獭宝宝不会游泳。"我继续说道,"水獭妈妈得把它们按在水里好让它们学会潜水。"

劳拉倒抽一口气。"那不是很残忍吗?"

弗兰克看着劳拉,皱了皱鼻子。"那能救它们的命。不过我觉得这只好像不想下水。"

水獭宝宝挣扎着,努力不让爪子滑进水里。

"看上去还是很残酷。"劳拉重复道。弗兰克厉声对她说:"你不喜欢看可以回家。"劳拉用眼神向我求助,我说我们最好保持安静,不然会把水獭吓跑。

我们一直在观察,后来一群小孩来了,在我们身后的海滩上追跑吵闹吓到了它们。两只大水獭使劲拱水獭宝宝,它扑通一声掉进了水里,它们一起游走了。孩子们跑到岩池边上,他们的水桶和捞鱼网溅起水花,弗兰克特别想教他们怎么做。我看着其中一个男孩,最小的那个。他太兴奋了,不知道先往哪跑才好。他姐姐在后面追着,"小心,道奇。"她抓住他的手,"别摔倒了。"

我一直在看那个男孩的黑色头发和他张着嘴的样子,他犹豫着不知道怎么越过岩池的样子。他把裤子弄湿了,姐姐生气了。我想告诉她,不要对他发火。

告诉她也许有一天,她连对他发火的机会都没有。

"嘿,我们不如回去吃冰激凌?"我说,我们撤退了。

"那晚上出去吗?"劳拉又问我。

"也许,"我说,"我考虑一下。"

当我们到达沙滩的尽头,弗兰克把抓到的螃蟹放回海里。有些游走了,腿在水里不停地打转,有些已经死了。

9

第二天我一到港口,就感觉有点不对劲。天气热得像蒸笼,穿着白 T 恤的丹尼却站在码头上双臂紧紧抱在胸前,好像要结冰了。乔伊和雷克斯正往半途的甲板上爬,挥舞着手臂。潮水很低,靠近港口这头的船已经搁浅在烂泥里。我只是迟到了几分钟。我睡过头但还想练完屏气再走。三分钟二十秒。

"快点,"丹尼严厉地说,"不然我们连港口都出不去。"

"怎么了?"

即使船已经陷在泥里,丹尼也不会放弃潜水,他会让我们先把船挖出来再说。

"没事,我们走。"

他抓住我的胳膊把我拽向他。我们爬上船的时候雷克斯递给我们一人一瓶啤酒。丹尼没有接。

"应该完事后再喝。"丹尼说。

我把我的也放到一边。我现在最不希望的就是喝醉。我需要集中精神。我还没坐下,丹尼就启动了马达,害得我脖子抻了一下。

船的速度越来越快,我闭上眼睛想象自己在飞。有好几分钟我就一个人这么待着,只有风拂过我的脸庞。

我感觉腿上多了一只手,睁开眼睛发现雷克斯正对我咧嘴笑。

"有惊喜,你准备好了吗?"

"我们去哪?"我问道,挪了挪好离雷克斯远点。

船正往普安特驶去,但这样就离洞穴更远了。

丹尼缓慢地说:"我们正在开往深潜点。"

"太好了!"乔伊叫起来。

"真的吗?"我试着掩饰自己的紧张。这不在我的计划之中。

我发现自己忘了戴面罩。

丹尼关上了引擎。我们漂浮在海面上。

"我还没准备好,"我脱口而出,"我忘了戴面罩。"

丹尼挤出一个几乎看不见的笑容,"我们不会潜到底,"他说,几乎是嘲笑的口吻,"根本连边都沾不到。"

我松了口气,但还是觉得忐忑不安。如果我们不打算潜下去,为什么非要来这里?乔伊和雷克斯已经笨拙地把脚蹼穿好。丹尼从备用装备袋里找了一个面罩扔给我。我知道我们已经不像以前那样了。

"这里有一条线。"丹尼说,他已经进入了教练模式,"我们下潜到水下二十米。下面很冷,很黑,很悲惨。你到了那儿就不会想要潜得更深。"

我等他给我更多指示,但除此之外他什么都没说。一阵微风吹过水面,涟漪向远处的海面扩散。

雷克斯和乔伊从与航标相反方向的那边跳下船。通常我能看见他们游的方向,但今天我什么都看不见。水太黑了。我猜他们一定会游到船底去找那根绳子。

163

"他们去哪儿了?"我问丹尼,打破了沉默。他正在调整配重带,反复把负重物挂上去,系紧,再放下来。

"在那边。"他指着不远处回港口的方向说。

"他们怎么没有下去抓绳子?"

"告诉过你,下面没什么可看的。"

"那我们来这里干什么?我们今天不需要潜下去,"我说,"我们可以改天再来。"

"我以为这是你想要的。潜得更深。这是为沉船潜水做准备。"

这是我想要的,我默默地提醒自己。但现在到了这里我感觉不对。我还没有准备好下去看。我还没有准备好在没有泰的情况下做这件事。我的眼睛一阵刺痛,我飞快地揉了一下以免眼泪流出来。

最终,男孩们在离船几米远的地方露出水面,他们大声叫着,骂着脏话说水里多么好。他们看上去比下水之前更敏捷,这让我消除了一些恐惧。

"准备好了吗?"丹尼问我。他把自己的配重带戴上坐在船沿上,手里拿着他的脚蹼。我开始系我的配重带,就是他刚刚在调整的那条,但我的手抖得太厉害。他伸手帮我系上。他的手环在我的腰上让我呼吸变得急促。

"准备好了吗?"他再次问我。

我还在犹豫,想着如果我拉下马达,很快我们就能回到港口,可是我发现自己的身体在做跟大脑所想相反的事。我紧贴船的边缘,双手调整了下面罩,穿上脚蹼。我站在丹尼旁边。

"我准备好了。"我准备好潜到底,你不能阻止我。不,我没准备好。但这是我的机会。

"让我先下去,好吗?脚先下去。最多三分钟,好吗?"

乔伊回到船上，丹尼从另一边跳下水，我紧随其后。我紧紧抓着浮标，等着他先下潜。我的配重带太沉了，我得使劲拽着才能待在水面上。等我听不到丹尼的动静后，我深吸一口气，松手放开浮标。在漆黑一片的水里，我跟水流较着劲，抓紧绳索，顺着往下沉，拼命想让身体离绳索近一点，但我的腿都漂浮到身后去了。头部的压力在增加，但我没有耳鸣。我们下沉时，丹尼的脸正对着我的。他不时抬起一只手示意我放松，放慢速度，保持冷静。我把注意力集中在他的脸上，我们周围的水变得更冷更黑了，头部的压力也越来越大。

终于，我的腿没有被拉出去的感觉了。我们都稳住了自己的身体，重新回到了垂直的位置，我只用一只手抓着绳索。我壮着胆往下看，手电筒在海水里照出一道光。浑浊的棕色海水里漂浮着一些白点。一团灰蒙蒙的云在我们下面翻滚，灰色的小鱼突然冒出来又消失了。我的手表显示四十五秒，然后四十六秒，然后四十七秒。我的耳朵突然砰的一声巨响，然后耳鸣了。我痛苦地哼了一声，声音被海水捂住。那种痛苦有一瞬间达到了忍耐极限，但随后头顶的压力就消失了。

现在不做就可能永远都没机会了。丹尼转身游走，用他的手电筒照着某种比目鱼，那是黑暗中的一道橙色闪电。我松开绳索，朝那团灰蒙蒙的云所在的地方沉下去。当我撞上它的时候，水从面罩底部渗了进来。水里的盐很刺激眼睛，我不停地眨着眼。我抑制住游回去的念头，任由身体的重量带着自己下沉。

一个尖锐的声音划破了水面。

"在那里！"那个声音喊道。那是我的声音。我回到了那天的沙滩上，向所有人叫嚷着，让大家去艾迪失踪的地方找人。我奋力跑到海边，却摔倒在卵石滩上。摇摇晃晃，自言自语，我努力分辨自己看到的是大海还是天空。天边传来一声响雷，震得我脑袋嗡嗡作响，然后我看见父亲在移动,穿过卵石滩朝我走来。他手里拿着妈妈的蓝色外套。他把它扔到我身上。

"救命啊,来人啊!帮帮忙,"他喊着,"她晕倒了。"

丹尼抓住我的手臂把我往上拉。我拼命往水面游去。

我贪婪地吸着冰凉的空气,等待眩晕过去。很长一段时间,我以为记忆中那神秘的蓝色是解开秘密的重要线索,现在发现原来那只是妈妈的外套。

"你刚才在做什么?"丹尼冲我吼道。他的金发都歪在一边,眼睛四周有一圈面罩留下的红印。我一把扯下自己的面罩,让它挂在脖子上。

"我手滑了。"我撒了谎,身体在颤抖。

"你的意思是你故意放手的。该死的,艾希!为什么你总是喜欢冒险?"丹尼说完又紧闭着双唇。他撸掉手上的一丛水草,试着甩掉耳朵里的水。"我差点就找不到你了,"他说。

"下面怎么样?"乔伊在船上冲我们喊道,对丹尼的怒气浑然不觉。

"她松开了绳索。"丹尼说,怒视着我。

雷克斯和乔伊把我拉了上来,我从船沿狼狈地翻进去,砰的一声滑进船里。

"发生什么事了?"雷克斯问,把啤酒递给我们。现在我正需要啤酒。我坐起来,一口气几乎喝掉半瓶,希望能止住摇晃的感觉。

"我手滑了。不过我没有漂得很远。没什么大事。"

雷克斯吸了口烟,迷惑地看着丹尼。

"那你们潜了多深?"

丹尼咳了一声,按了下手表上的一个按钮。

"三十二米。"他不置可否地说。

"我就是在追什么东西。可能是一条鱼。我没注意到已经潜得那么深了。"我微笑了一下，为了让他们觉得我很好。这也让我感觉放松了一点。我几乎都要相信自己说的是事实了。

雷克斯和乔伊笑起来，做鬼脸模仿鱼的样子。

"潜到那么深的地方，你当然会感觉有点晕。"丹尼说。

"干得不错，曼恩家的。"乔伊说。

"你现在是真正的美人鱼了。"雷克斯说。

三十二米。我打了个冷战，因为意识到我那时候离水底只有十一米。如果不是丹尼抓住了我，我可能已经沉到那里。

"我打赌泰一定能潜到水底。"

还没说完他的名字，我就后悔了，真不该提他。他们大眼瞪小眼看着彼此，都不说话。

"怎么了？"我问。

"没事，美人鱼。"雷克斯说。

"你们有他的消息吗？他发生什么事了？"

"我没有听到任何消息。"乔伊轻蔑地说。

"老天！谁能告诉我到底怎么回事？他在哪儿？"

沉默。我拿起一根桨，紧紧抓在胸前，好像自己要挑战一个部落的勇士。

"如果你们不告诉我，我就跳下去，我会沉到水底，你们都别想拦住我。"

我不知道为什么自己这么疯狂。也许潜那么深真的把我的脑子弄乱了。

丹尼畏缩了。然后他低声说："他回来了。"

船桨掉下来砸在乔伊脚上。他咬住嘴唇，什么都没说。

"什么时候？"

"几天前。"

这就是丹尼有心事的原因。男孩们都内疚地低着头，乔伊抬头看天耸了耸肩。

"我可是今天早上才知道的。"他解释道，觉得我可能会在意。

"好了，那我们回去吧。"

我没有表露出激动或恐惧。他回来了。他欠我一个解释。我越过雷克斯启动了马达。男孩们都摔倒在船上，但丹尼挣扎着爬起来，把船开回了港口。

我看着黑色的海水，想象着艾迪的尸体在水里摇摇晃晃，沉到了深潜点的水底，我抽泣起来。

"你还好吗？"乔伊低声问。

我点了点头。过去这几周我一直在想艾迪也许在最后时刻获得了平静；明亮的色彩，自由的气息，轻盈的感觉。但这里的海水冰冷、黑暗，令人毛骨悚然。他可能会被吓坏。我的胃开始抽搐。这是第一次艾迪的死对我来说变得那么真实。我现在对自己的计划更确信无疑。我必须潜到水底，跟他告别，告诉他我一直都在，跟他说对不起。

10

  我刚给劳拉涂上蓝色睫毛膏,她就打了个喷嚏,只好洗干净后我再给她涂上。我们把卫生间的门反锁了,这样我妈就不会进来打扰我们。每次门厅的地板嘎吱一响,劳拉就轻声问:"是迪伦?"
  "我跟你说了,他不在家。"
  今天很热,我感觉很糟,浑身黏黏的。我用毛巾擦了下手上的汗。
  "他在搞什么?"
  "你说呢,"我说,"你跟他在一起挺久了。"
  "现在没在一起了。"她伤心地说。
  我觉得她有点可怜。她显然真的喜欢他。
  我不想给她涂我的红宝石色口红。我翻遍了化妆包,找到一支粉色的口红,我觉得这个颜色更适合她。化完妆后,她对着镜子嘟着嘴。
  "他一定抗拒不了我的魅力。"她说,用手指拨弄着她那头完美的直发。
  她穿着紧身牛仔裤和从她妈那里借的上衣,她想让我换下自己的运动裤。

"我没有其他衣服。我答应跟你一起去就够意思了吧?"我问道。

尤其是现在我只想找到泰。我已经去了好几次船屋,都没有发现他的踪迹。

"轮到你了。"劳拉说,"如果你化了妆,也许就没人会注意你的衣服。"

"我这张脸就算化妆也弄不出什么名堂来。"我说。

但当我照镜子时,镜中的人影好像在提醒我,自己最近变了很多。我的脸瘦了,双下巴不见了。是丹尼的训练课程让我变成了这样。我不确定我是不是喜欢自己现在的样子。我看上去更成熟了,不再是跟艾迪一样的圆圆的娃娃脸了。

我们乘坐巴士到了因弗内斯的市中心,然后劳拉直接带我去了酒吧。

我突然感觉很害怕,也许我们会撞见我爸。尽管我一直都没跟他说话,但我总觉得他知道我在干什么。

"抬起头,看上去要自信。"我们排队的时候,她低声对我说。

简直难以置信,酒吧的保安竟然让我们进去了。我还在脑子里编造了一个假生日以防万一呢。

她给了我十镑让我去吧台点喝的,她要去洗手间补妆。

"我跟你喝一样的。"她说。

酒吧里热得让人汗流浃背,音响里正传来碧昂斯高亢的歌声。大家都精心打扮过,我突然后悔没有穿上一件闪闪发亮的上衣。女孩们都穿着高跟鞋和迷你裙。虽然我已经变了,但还是不想露腿。我穿了双夹趾凉拖,因为劳拉说比运动鞋强点,但现在鞋子都粘在地板上,还被洒了一脚啤酒。

我终于挤到吧台边上点了两杯仙蒂啤酒。酒保看我的眼神怪怪的。我猜他可能会跟我要证件,但最后他问我:"淡啤酒还是苦啤酒?"

"淡啤酒。"我说,把钱给了他。

我等劳拉的时候,手里的饮料被挤洒了一半。我闭上眼睛想象自己在海里。泰也在那里,在我旁边遨游。然后,在我的白日梦里,他开始说话。

"艾希,你在干什么?"

我睁开眼睛,他竟然出现在我的面前。我眨了眨眼。在黑鳍以外的地方见到他感觉很诡异。他看起来不一样了。他的头发变长了,遮住了眼睛。他还穿着黑色牛仔裤,但没穿T恤或帽衫,而是穿了一件格子短袖衬衫。打他一拳还是拥抱他?我什么也做不了,因为手上还拿着两品脱啤酒。

"你不想跟我问声好吗?"他问,好像他昨天刚见过我。

我握着杯子的手捏紧了。"丹尼告诉我你回来了。"

我的话达到了预期效果,泰愣了一下。

我喝了一口酒,不知道该说什么。

"我们能谈谈吗?"他说,"找个安静的地方?"

"这里应该没有什么安静的地方。"音乐从碧昂斯换成了凯蒂·佩瑞。我只想快点离开这里。

该死的劳拉跑哪儿去了?

"我得去找我朋友。"

泰四处张望。"她长什么样?"

"瘦瘦的,灰褐色长发。"我说,这里的大多数女孩好像都长这样。

但我们没有找很久。她在吧台的另一头,不是一个人。她和迪伦在一起。

这些人怎么一下子都冒出来了？难道劳拉早就知道他会在这里？我真的以为他还躺在家里的床上。

"真奇怪。"我说。

泰在我旁边僵住了。他一定认出了迪伦，因为在普安特的派对上他见过他。

"我们出去吧。"泰说，把我手里的酒杯放在吧台上，抓起我的手腕就往外走，但是已经晚了。

迪伦挡住了我们的去路，劳拉站到了我旁边。

她看起来很沮丧。

我什么都没来得及说，迪伦就冲上去一拳打在泰的鼻子上。尽管凯蒂·佩瑞正在高唱她怎么吻了一个女孩，声音震耳欲聋，我还是听见咔嚓一声。

"该死的。"泰捂着鼻子骂道，疼得趴了下去。

我吓得不敢动弹。迪伦气喘吁吁地站在那里，握着拳头，往上面吹着气。

"要打去外面打。"有人对我们喊道。

"你在干什么？"我对迪伦怒吼。

泰站起来抬手一拳头打了回去。这拳打在了迪伦下巴上，他往后退了几步，头撞在了门上。

劳拉跑了过去。"他在流血，"她哭喊起来，"快叫救护车。"

这一切太超现实了。

"你刚打了我哥。"我对泰说。

泰的鼻血把他的衬衫都染红了。"是他先动手的。"

我们出了酒吧。劳拉已经歇斯底里了，围着迪伦，检查他头上的伤口，大声喊人让他们去叫救护车。泰和迪伦踱来踱去，一边按着自己的伤口,试图止住血,一边死死地盯着对方。

"老天,迪伦,我们只是在聊天。"我解释道。

我走到他身边检查他下巴上的伤口。伤口很小。一切可能会更糟。迪伦虽然高,但泰比他强壮得多。

"我要回家了,"我对其他人说,"谢谢你们过来。"

"你不能丢下我们。"劳拉哭着说,是指她自己和迪伦。

"艾希,等等,"迪伦说,"我带你回家。"

我摇摇头,径直走了。我的凉拖让我的退场显得不太高贵,不过也没关系,我还没有机会回头,泰就来到我身边把我抱上了一辆路过的巴士。

他把我拉到后排的空位上,我只能坐下不然就会摔倒。我口袋里还有几张纸巾,我都给了他。他点点头谢了我,用纸擦着自己的鼻子。他的眼睛被打成了熊猫眼。

"刚才发生了什么事?"我问。

"你哥哥疯了,打我的脸。"

"我不是在问这个。而且不要说我哥哥是疯子。"

"对不起。"

"说真的,刚才到底怎么回事?"

泰皱起眉头。"我一点头绪都没有。前一秒还在跟你聊天,下一秒我就在打架了。"

我看见我们在窗户上的倒影。我们看上去很可笑,我忍不住笑出声来。

"怎么了?"泰问。他把纸巾对折了一下又贴在鼻子上。

"很棒的夜晚,是吧?"

他拉起我的手。"是的。"

船屋里充满潮湿的木头和苔藓的气味。我们坐在常坐的角落里。血似乎止住了，泰的脸上糊着一层干的血迹。每次看他的脸我都试着不表现出害怕。他的眼眶变成了深紫色，全都肿了。

"我先跟你讲清楚，我不站在你这边。你也打他了。我在这里是因为你绑架了我。"

"是我强迫你来船屋的？"

"我哥为什么打你？"

泰沉默了很久。他深呼吸，搓自己的脸，他的手在颤抖。

也许是刚才的一切发生得太突然了。

"他是不是把我当成别人了？"他说，"或者他是不是不想让你交男朋友？"

"我没有交男朋友啊。"我答道，"我已经乱了，泰。我不知道你想从我身上得到什么。你消失了，又突然出现在我面前，然后呢？你是希望我当什么事都没发生过？假装你从未离开过？"

"不，不是那样的，艾希。"

他现在又叫我艾希了。感觉那么冷淡。

"我离开是因为我不得不走。我搞砸了，我干了坏事。我回来是因为我想念你。"

"你想念我？你想念我什么？时不时吃个豆腐吗？"

"你这么说不公平。我想和你在一起，方便面姑娘。"他凑过来用手指抬起我的下巴。当我注视他的眼睛时，感觉晕乎乎的。我们接吻了。一开始很温柔，然后他把我拉到他腿上，我们狂吻着，沉醉于彼此的怀抱。我所有的坏情绪都消失了。直到他想要脱掉我的裤子。

"不要。"我喘息着。

他把手收回去。

"对不起。我有点忘情。"

"我怎么知道你不会再离开?"

"我不会离开,"泰绝望地说,"我不能。米克让我回潜水俱乐部工作。我不想再走了。"

"你不在的时候,我替了你的缺。"

"我知道,"他说,"我希望我没走。我们需要制订一个计划。你得告诉迪伦我又离开了。我们要保密。"

"永远?"我问,有点害怕。

"不是的。只是在我们把事情都解决之前。"

"解决什么?为什么迪伦有那么大反应?你跟丹尼是不是有什么过节?你是不是有什么事没有告诉我?"

"没有,艾尔。我发誓。我会去跟他们谈谈,告诉他们我对你是认真的,我不会再伤害你。你要给我一点时间。"

他又叫我艾尔了。他说这些话让我感觉很温暖。

"好的,"我说,"你尽快解决。"

11

第二天,妈妈围着迪伦忙得团团转。她把整个急救箱都拿来了只为处理一个小伤口。

"谁把你弄成这样?"她问。

我苦脸看着迪伦。

"只是个误会。"他说。我默默地感谢他。

妈妈在迪伦脸上涂了厚厚一层沙威龙药膏。我希望她能发现他有多瘦。她肯定能注意到他的脸颊都凹陷下去了。她托着他的脸一定能感觉到他的脸是那么小。如果她注意到,她就能帮他一把。

"你为什么不去躺下呢,妈妈?你看起来很累。"迪伦说。他希望她走开。

"我要照顾你,"她说,"我要照顾我的两个宝贝。你们长得太快了。"

"要不你们都躺在沙发上,我来给你们做午餐?"我说。

"艾希,我的宝贝女儿。我的甜心宝贝们,你们的爸爸抛弃了我们,你们却想要照顾我。看!外面景色多美。这样的天气我怎么能躺着呢?"

她抓起她的手袋。"我去买点冰激凌。"

"我要巧克力味的。"我叫道。

她走了,我把急救箱推开,坐到桌子上,并用脚抵住迪伦的大腿让他动弹不得。

"疼吗?可怜的迪尔?"我浪声浪气地问道。

"你应该看看那个家伙。"

我捏住他的脸,有那么一瞬间他看上去被吓到了,不过马上笑起来。我放开了他。"我已经见过他了,你可能打断了他的鼻子。"

"很好,"迪伦说,"他活该。"

"为什么?我不明白。你真的想那么做?我们只是在聊天。"

迪伦盯着我,好像他不敢相信我刚刚竟然那么说。

"是他带你去潜水的。"

"那又怎么样?"

"难道你不明白那有多危险吗?那会让你头脑混乱,让你认为你能想起来什么,但那些都不是真的。"

"迪尔,你到底在怕什么?你认为我会记起来什么?"

"没有。没有什么可记起来的。"

"有,我需要回忆起爸爸到底去了哪儿。我觉得你早就知道了,你是在帮他掩饰。我记得你那天一直在找一个人。不是艾迪。一个女孩。那是谁?"

迪伦摇了摇头。"你疯了。你变成了一条鱼。我要告诉爸爸所有这一切。他让我看着你——我只要一句话,他就会跑到那个港口结束这一切。"

我竭尽全力控制自己不去掐住他的脖子。我咬紧牙齿。

"你要是对爸爸透露一点消息,我就告诉他你想把自己饿死的事,告诉他通便剂的事。他会开车把你送到最近的医院,然后让他们把你锁起来,给你灌吃的。"

"现在不允许这么做,"迪伦说,"灌食属于私刑。"

"允许的。我的同学就被灌食了。"

迪伦哭了起来。"求你不要告诉爸爸。我会开始吃东西的。"

"我给你做个三明治,你都吃掉,潜水的事给我保密,那么我也会帮你保密。"

"好的。"他说,完全屈服了。

他哽咽着,把三明治撕成小块送进嘴里,好像在吃毒药一样。我猜迪伦搬出爸爸是在虚张声势。爸爸已经很久没给我们打过电话了,妈妈打给他他也不接。但是如果他没有吹牛呢?

"你把我的药片放哪儿了?"他问,"我需要我的药片——我一吃东西就难受。"

"我扔掉了,"我说,"那药很危险。"

他把一小块三明治扔在地上,就像个闹脾气的小孩子。

"迪尔,为什么你昨晚会出现在酒吧?我以为你已经病得出不了门。"

"我没生病,我也不需要吃东西。我去是想确保你没事。劳拉告诉我你们要去那里,我很担心你。你并不喜欢进城。"

"我挺好的。我是在帮你,把她支开不来烦你。"

"不要再去潜水了,艾希。我不想失去你。"

"吃你的三明治吧。"我说,"拜托,吃吧,别说话。"

妈妈回来了,我们一起吃了冰激凌。我回我屋里把迪伦的通便剂从小床底下拿了出来。我跑到船屋,藏到了储物柜里。

12

泰回来一周以后,我们去罗斯马基潜水。我在水中翻转,回旋,用指尖滑过那些细弱的海藻。泰一直跟在我身边,我为他表演了一场秀,他很受用。他大笑着,气泡从他张开的嘴里成串地冒出来。我们在水里停留的几分钟好像几个小时。迪伦错了,我没有变成一条鱼。我变成了水,流动的水,永远都在变化的水。我不是大海的过客,我是大海的一部分。

泰和我玩剪刀石头布,输的人脱掉一件衣服。泰输惨了。他脱掉了两只脚蹼、潜水靴、面罩,还有潜水服上衣,把它们都压在一块石头下面,我都有点替他难过了。但他依旧笑着。

"我需要休息一下。"泰喘着气说,"我跟不上你了。"

"骗子。"我说。我知道他有所保留。

"我要保存体力。"他说,"米克要我努力工作。"

泰认为丹尼需要一点时间。自从泰回来以后我还没有去过黑鳍,丹尼还欠我几节课呢。不上那些课也没关系,因为我现在有泰了。但我怀念待在黑鳍的日子,想念米克和船上的男孩们。

我们躺在粉红色沙滩上沐浴着阳光,潜水服都挂在岩石上晾着,我告诉泰我打算再去深潜点。他扭过头不看我。

"你在听我说话吗?"

"我不想听。那是一个疯狂的想法。"

他告诉我我不可能做到。他说我需要增重,说那里太深了,太考验技术,太冷。潮水不对劲,水流太强。他说那不是我能屏气多久的问题,而是再游上去的难度很大。他说了一百个理由来证明我的想法太疯狂。不过我告诉他不管他帮不帮我,我都会去。

他闭着眼睛躺着。我希望他能睁开双眼看着我,哪怕就一秒钟,这样他就能懂这对我来说有多重要。

"那是他安息的地方。我只是想去看看。上一次我已经那么接近了。"

泰翻过身来吻我。他很温柔,但他的重量都压在了我身上。

"就在这里和我一起待着吧。"他呻吟着说,"我们不是水獭。我们是人类。除了潜水我们还可以做别的事情。"

最后,我跟他讨价还价。

"如果你和我一起去,我就为你裸体。"

他懒洋洋地睁开一只眼睛。

"什么时候?"

"很快。"我说。

"我会考虑一下。"他说,然后用他的唇覆上我的。

我们在沙子里滚来滚去,直到一些小孩爬上了掩护我们的岩石,他们在窃笑。我在收潜水服的时候,泰一直盯着水里的什么东西看。

"你看见了吗?"他喜滋滋地说。我从来没见过他这么好看的样子。他头发里的盐粒折射的阳光让他看起来闪闪发亮。我朝他盯着的地方看,但什么也没看见。

"仔细看。你能看见那块红红的石头吗?你可以看到那里有光射出来。"

"那是什么?"我问,不过我现在看什么都觉得是红红的。

"Jasper。"他低声说,"实际上,这是一种玉石,不是普通的石头。"

"我有只青蛙就叫Jasper[1]。它的眼睛红红的。"

他从沙滩走到水里,脚底被沙子染成了粉红色。他弯下腰四下摸索了一阵,把一些石头捞上来,然后扔回去,这样他能通过它们落地的声音来分辨。

不一会儿他笑眯眯地走了回来。

"给你。我希望这个能比青蛙强点。"

我接过它仔细观察起来。它几乎有我的手掌那么大,很漂亮——红色、粉色、橘色相间,被水晶体包裹着,一面很光滑,另一面比较粗糙,像土耳其软糖和梨形糖的合体。我真想把它放进嘴里。

"我能留着它吗?"

"当然,是你的了。"泰坐回我身边,神情愉悦。

"我们可以把它带到洞穴去,放到那些石头中间。"他说,"他们给你看我们搜集的石头了吗?我们每次去那里都会带上一块石头。幸运石。"

他的脸红了。

我记得上次跟男孩们去洞穴的时候,好像见过什么红色的东西,但我记不清它是什么样子的了。

"我看见那些石头了。你不用觉得不好意思,我觉得那很酷。那里

---

[1] 这里的Jasper译为"贾斯帕",而上句的Jasper指一种玉石,译为"碧玉"。

有这样的吗?"我把这块碧玉举到阳光下,手都被映红了。

"那里肯定没有碧玉。但它是你的了,你想怎么样都可以。"

我突然想到了什么。

"你在笑什么?"泰问道。

"只是感觉快乐。"我答道。对于我的计划我又有了新想法。

13

那是我和艾迪刚过完九岁生日不久。有一天我放学回家看见爸妈正在楼梯上跑上跑下,搬运纸箱和塑料袋。艾迪坐在门厅里,套着一个纸板箱,假装自己是一架飞机。

"低头,弯腰,紧急情况。"他正在说。

爸爸胳膊下夹着一个黑色垃圾桶,手里拿着一个小纸箱,庄重地跨过艾迪。

"座椅安全带提示亮了。"他对艾迪说,模仿广播里的声音。

"我们要搬家吗?"我问,把书包扔在门口,踢掉鞋子。我的父母总是在谈论搬家。

"我们在重新布置房间。"爸爸解释道,对我点了点头示意我上楼。我房间里的玩具都不见了,原来搁玩具的地方现在堆着迪伦沾满泥巴的运动鞋和臭烘烘的游泳短裤。

"贾斯帕在哪儿?"我问,好想哭。没有贾斯帕青蛙和它那可爱的天鹅绒绒毛我会睡不着觉的。

"它在你的新房间里!"妈妈突然出现在我身后,手里捧着迪伦的衣服。她把衣服扔在我床上，穿过门厅进了迪伦的房间。

迪伦正坐在他的床上，抱着手臂，看上去很生气。

我转身看妈妈，感到很困惑。她坐在了迪伦的旁边，还把我拉坐在她腿上。迪伦说我太大了不能坐妈妈腿上。我让她用胳膊搂着我，趁着艾迪不在多占点便宜。

"你们都长大了，应该有自己的房间了。不过男孩们住一个房间比较好。"

迪伦气鼓鼓的。

"这不公平，"他抱怨道，"我是最大的，应该有自己的房间。"

"不会很久的，迪尔，大概就一年左右，等我们能负担得起更大的房子。"

"但是艾迪很邋遢。他会把我的东西都弄坏的，我也没有地方写作业了。"

爸爸出现在门口，面带微笑地看着我们。然后他走进来坐在床上。

"我们保证艾迪不会打扰你的。"他说，"你放学后可以在你的房间里做作业，我们会让他待在楼下。"

"如果晚上我想听音乐呢？这不公平！"

"可以把我房间的墙壁刷成绿色和银色的吗？"我问。

爸爸笑了，迪伦跑了出去。

"我是认真的，爸爸。"

"不行。你不能把你房间的墙壁刷成绿色和银色，艾希。但你可以帮忙把墙壁再刷上一层白色。"爸爸总是把东西刷成白色。

我把所有的衣服都搬到新房间以后，爬上了我的新床，把被子一直拉到脖子那儿。这个房间有点漏风，我感觉很冷，但我喜欢。我试着让自己躺得更舒服点，贾斯帕的红眼睛一直在盯着我。我差点就不能抱着贾斯帕睡觉了，因为艾迪想要它。妈妈掰开他的手指才把贾斯帕夺了下来，她跟艾迪说他有自己的玩具。我感觉有些内疚。我蜷起身子，从门缝里看见有人影晃过，还听见了微弱的声响。

"艾迪，是你吗？"

"紧急情况，"我听见他轻声说，"紧急情况，紧急迫降。"然后好像有什么东西哗啦一声掉到了楼下。我听见迪伦对他大喊大叫，让他赶紧回去睡觉。门砰的一声关上了。

"这是违法的！"迪伦喊道。不过没有人回应他。

14

我把存储卡插进爸爸的旧笔记本电脑里,坐在床上浏览我从自由潜水网站下载的 PDF 文档。最终我找到了:深潜者的配重指南。我在一张收养鼠海豚的宣传单后面记下了配重的信息。如果要下潜到四十米以下,应该在水下十米的地方产生中性浮力。通过增加重量下潜到十米,然后慢慢卸重以达到悬停状态。

我掂了掂手里这块碧玉的重量,它大概还不到一公斤。我还需要其他东西。

我把鼠标滑到 PDF 文档底部,阅读有关深潜上升的段落。上面写着,上升的最后几米是最危险的。有突然昏迷的风险。但我不担心这个——如果我能把下潜的重量弄对,应该不会有什么问题。我写下给自己的几条提醒:保持垂直;头不要倾斜;放松。

我想着自己在水下的感觉有多么好,水底的沙子有多么松软,心里顿时涌起一股决心。我不再去想寒冷和黑暗。

那天晚上,我梦见了岩石、海藻,还有艾迪。半夜里我醒了,大口大口地喘着气。我来找你了,艾迪。我很快就来了。

15

第二天，我独自去泳池练习。我用鸭式下潜到池底，然后再用海豚式踢腿回到水面。我一遍又一遍地反复练习，争取一次踢腿就能升回水面，我的手指都泡得起皱了。我的腿感觉变强壮了，这要感谢丹尼不断地要求我每天做下蹲训练。我会感谢他的，总有一天。

泳池关门了，我一个人在更衣室里换衣服，霸占整面大镜子。我看着自己的裸体，感觉身体发生了变化。我的屁股还是很大，但我的小腹变紧实了。胸稍微变小了一点，虽然还是没有劳拉的那么完美，但至少没那么下垂。我的头发已经很长了，正好垂在胸部上。我从各个角度观察着自己，观察自己屏住呼吸的样子。当我把手臂举过头顶做出要从海底升上来的动作时，镜子中的我仿佛成了苏格兰潜得最深的女孩。当艾尔莎和劳拉突然出现的时候，我还保持着这个姿势，她们咯咯咯地笑我。看来艾尔莎并没有离开太久。她们穿着金色比基尼，炫耀着自己的苗条身段和纤细腰身。她们刚刚肯定在另一个泳池里，要不就是在按摩池里。我立刻用浴巾裹住自己背对着她们，但已经太迟了。

"呃，她可真恶心。"艾尔莎低声对劳拉说。我一只手紧紧地揪着浴巾，准备好跟她们干一架，如果她们过来动我的话。艾尔莎上下打量着我，在我身边踱来踱去，像只鬣狗一样绕着圈子。劳拉站在一边看着，嘴唇紧闭。当她的视线和我的相遇，她低下头用脚把地上的水推进排水沟里。

"你是不是跟你哥一样得了厌食症？"艾尔莎问道，她的手指划过我的脸颊，"还是你为了变漂亮一直饿着自己？但还是不够瘦。大腿上都是赘肉。你哥哥真的挺丢人的。他以前身材还挺健美，可现在却瘦成了一堆恶心的皮包骨。"

我昂着头，装作对她的评价无动于衷。

"真奇怪，"我说，"那为什么你还总围着他转？"

"嘿，你说过你跟迪伦什么事都没有。"劳拉对艾尔莎说，语气有点恨恨的。

"别紧张，傻妞。我逗她玩呢。"艾尔莎答道。

看她们俩脸上的表情，我看不出她是在逗我。迪伦真让我失望。但他毕竟是我的哥哥，他不应该被这样对待。她们在浪费我的时间和精力。尤其是劳拉。这个贱人。我竟然给她涂了我的蓝色睫毛膏。我开始收拾衣服，但只靠一只手有点费劲。

"我才不想跟他有什么瓜葛。他真可悲。"艾尔莎还在说，"他们都是。劳拉，我不敢相信你竟然跟他们玩在一起。他们都是疯子，都该被关起来。"

艾尔莎想抓我的脸但我躲开了，她抓住了我的浴巾。她本来可以松手，然后我们就各自回家，但就在一瞬间，一切都不可避免。她猛地一把把浴巾从我身上扯掉。浴巾掉在地上，她又用脚把它踢开。我光着身子，冻得铁青。我扑上去抓她，把她往柜子上推，她不小心滑倒在地上，手还揪着我不放。

"劳拉，拿走浴巾。"我伸手去够浴巾的时候，她大喊道。

劳拉抢过浴巾，跑到一个格子间里。她站在格子间门口，咬着头发看着我们。

"你要浴巾吗？"艾尔莎挑逗地说，"你应该遮一遮。你看起来像是谁的烧烤大餐。一身肥肉。"我试着用手遮住自己的身体。

我希望能有人进来帮帮我，但是更衣室里很安静。我望着大门的方向。我可以冲出去。那我得光着身子跑出去，大家都会看见的，不过至少这样能保证我的人身安全。

艾尔莎看出来我准备逃跑，她一下子扑了上来。

她把我的胳膊扭到头顶上，跨坐在我身上。她金黄的长发垂在我脸上，弄得我鼻子好痒。我用牙齿咬住她的头发使劲拉扯，但她逃脱了。我把嘴里的一缕头发吐了出去。

"劳拉，来帮我！"艾尔莎叫道，"她块头真大，得我们两个人才制得住。"

劳拉没有动。

"劳拉，你搞什么？快来帮我抓住她的胳膊。现在。"

"我们走吧。"劳拉低声说。

"如果你不帮我，我就告诉所有人你用通便剂。"

劳拉动了。我看见她棍子样的瘦腿跑过潮湿的地面，然后她过来坐在我的胳膊上压住我。艾尔莎抓住我的乳房，非常用力地同时掐我的两只乳房。我疼得喊出来的时候，劳拉倒抽一口气，艾尔莎则被逗得哈哈大笑。

"放开我，"我喊道，"救命啊！"

我拼命把头抬起来一口咬在艾尔莎的手臂上。

"你这个小贱人。"她往我头发里吐了口痰，然后用膝盖往我的两腿间猛的一顶,这一下太狠了,痛感一下子蹿到了我的后脖颈。

"我到底哪里惹到你了?"我喘着粗气问她。

"你生出来就碍事。自从我遇见你,你就总妨碍我,让我日子不好过。"

"是你让你自己不好过。"

终于,劳拉起身了让我挣脱出来。我用头撞了艾尔莎的鼻子,她往后飞了出去,滑倒在一根排水管上。她的比基尼挂到了金属上,我听见刺啦一声。我站起来,看见她脸上在流血,劳拉正手忙脚乱地围着她转。我赶紧把牛仔裤和T恤套在湿漉漉的身体上,一把把内衣裤塞进了包里。

"你这个小婊子,"艾尔莎叫道,"我要让你被留校察看。"

"你试试,看我在乎吗。"

我最后一次看着劳拉,想给她一个解释的机会。她看上去左右为难,她的眼神在我的湿T恤和艾尔莎脸上的血之间来回看,最终,她还是上艾尔莎那边去了。

"真搞笑,好像每次你在就会有人打架。"我说,"而且每次都是你留下来擦血,是不是很烦?"

"艾希,等等,"劳拉叫住我,"不是我告诉别人迪伦的事。大家都在谈论他的病,他需要帮助。"

"我以为我们是朋友。"我对她说,虽然我一直知道她不过是利用我赢回迪伦的心。

"我们是。"劳拉望着地板说。

"曾经是。"艾尔莎说,"告诉她,劳拉,你不想跟她扯上关系,是不是?"

劳拉低头瞥了一眼艾尔莎,咬着嘴唇。

"你还是和你那个怪异的霸王男朋友在一起凑合着吧。"劳拉最后说。但当我望向她时,我看到她哭了。

艾尔莎从地上撑起身子,还捂着她流血的鼻子。

"说得好像这个难看的贱人会有男朋友一样。"她嘀咕道。

"至少我不用为了找男朋友到处盯梢。"

但这不是真的。我连续好几个晚上都去船屋找泰,但他还是离开了我。尽管他抛弃了我,他打了迪伦以后我还是跟他跑了。我想起自己把还在流血的迪伦扔在马路中间,这让我觉得自己很恶心。但想到泰又会离开我,我感觉更糟糕。

没穿内衣,我还是觉得暴露。我的胸火辣辣地疼可我不敢摸。我不再照镜子了。我不需要看自己变得多丑陋,我每天都能感觉到那种丑从我身上渗透出来。

后来,劳拉打电话到我家里。我坐在后门口的台阶上,这样电话里就会有杂音。她想知道迪伦怎么样了。她说她很抱歉。

"我说那些话都是被艾尔莎逼的。"

她还想跟我做朋友不过是秘密的那种。她说她爱迪伦,她很想帮他。

"对不起,电话信号很差,"我喊道,好像我很努力地在听她说些什么,"我回头再打给你。"

我听了一会儿杂音,假装电话串线了说了些怪怪的话。我挂了电话,鼓起勇气拨通了另外一个号码。

我的父亲立刻接通了手机,但我一直沉默着。"迪伦,是你吗?"他在那头低声说。

"是艾希吗?她怎么了?哈喽?听着,现在不是时候,伙计。我明天打给你,好吗?"

16

水獭宝宝一动不动。它的爪子耷拉在干燥的石块上，身上的毛已经干了结成了团。有苍蝇在它的头上盘旋。我和弗兰克一起来罗斯马基沙滩因为泰要在黑鳍帮忙，我不想一整天都和迪伦待在家里，尤其是知道他跟爸爸告了密以后。

弗兰克伸出一只脚轻轻触碰小水獭的身体，它被脚碰到的地方陷进去又弹回来。

"还是热的，"弗兰克说，"不过我们做不了什么。"

他把眼镜往鼻子上推了推斜瞥着我。

"走吧。"

我站在一个斜面上感觉我的鞋子正从石头上滑下去。

"它会变成什么样？"我问。

"不獭多。"弗兰克不以为然地说。

"弗兰克！"我喊道。

他看着我，很不解。"那你想怎么办？把它带回家？"

暴风雨来临前的乌云正从水面上向我们这边翻滚而来。

弗兰克转头去数自己篮子里的收获。我看着那只小东西无助地躺着,一半身子在水里,一半在外面,一阵悲戚袭上心头。我不知道它妈妈在哪里,我看见几米外平静清澈的水里溅起了一个小水花。

"我们得做点什么,"我说,"我们不能把它扔在这儿。"

"我们可以把它推回水里。"弗兰克提议。

我提议把它埋起来,但弗兰克不肯用手碰它,他说唯一的埋葬地点就是那些岩池。

"为什么你那么喜欢科学却不肯碰一只死了的动物?"

"我更像一个数学家而不是生物学家。"他说。

我没有提他一直都在玩死螃蟹和死贝壳这件事。

"你觉得它是淹死的吗?"我问。

"不太可能,"弗兰克说,"它都不在水里。"

我认为很有可能,不过今天跟弗兰克没法讲理。

最后,我们回到镇上报告了警察,警察打电话给野生动物中心,他们说会派人去收尸。

"收尸?"我问。

"那样就能把它火化了。"警察说。

在警察局外面,弗兰克用胳膊环住我,看起来特别怪异,因为我比他整整高一个头。我闻见他身上飘来的一股怪味,接着他突然就吻上了我的嘴唇,我把他推开的时候他的牙齿刮到了我的嘴。

"你在干什么?"我吼道,用手摸了摸嘴唇看看有没有流血。

弗兰克退后一步。螃蟹在篮子里翻滚。

"我以为你喜欢我,"他不悦地说,"我以为你没让劳拉来是因为你想单独和我在一起。"

"你怎么会这么想?"我喊起来。我没有试图安慰他,而是一直冲

193

他大喊大叫。

"劳拉现在已经不是我的朋友了,你也不是,离我远点。"

"但是我爱你。"他说。

我想哭。我不希望他爱我。

他拎着桶慢慢地离开。我应该去追上他,但死去的水獭宝宝占据了我所有的思维。我感觉自己周围的一切都在腐烂。我的生活已经完全失控了,就像一块沉重的巨石骤然坠落,一头扎向海底。

17

第二天凌晨我被噩梦惊醒,梦见死去的水獭宝宝在我床上。还好它不在床上,那只是个梦。我望着客厅窗外,清晨四点三十分的太阳正冉冉升起,它耀眼的金光在云底映出一片瑰丽的橘色。今天是一年中最长的一天,太阳要到十点三十分才会落山。妈妈离开家去医院手术室的急诊门诊值班了,迪伦裹着羽绒被跑到我跟前。

"我们今天过'羽绒被节'吧,一起窝在被子里看电影。"他提议。

"但天气这么好,"我说,"我想出去。"

我想趁泰休息去找他潜水。

"就陪我看一部吧。"迪伦可怜巴巴地求我,说着趴在地上把一张碟片塞进了影碟机里。我同意了,因为想把他重新拉回身边,我很想他。忽略了他让我心生愧疚。我们坐到沙发上,迪伦给我们俩盖上羽绒被,但太热了被我一脚踢开。碰到迪伦的手臂我才发现他的身体冰凉彻骨,我不禁打了个寒战。我把双手抱在胸前。幸亏迪伦没发现我的情绪。我该怎么告诉他发生了什么?我发过誓不会让他们再为了我打架。

《虎胆龙威2》放到一半迪伦就睡着了，于是我关掉电视。起身离开的时候，他动了一下。

"再多待一会儿，"他发出呓语似的低喃，"别走。"

我把他留在沙发上去了厨房，冰箱和食品柜几乎都是空的。我烧了一壶热水，把最后一个柠檬切片放进去。

"来，喝点吧，"我叫醒他，几乎是在央求，"对你有好处。"

他直勾勾地盯着杯子里的水，问我那是什么。

"热柠檬水。柠檬是助消化的。"我在妈妈的一本健康杂志上读到过。

他起身接过杯子，我在他身旁坐下看着他喝。他久久没能把杯子放到嘴边，仿佛在天人交战。

"你不用有负罪感，因为是我逼你喝的。"我套用了一句厌食症论坛提供的建议。虽然我理解不了这句话的含义，但对迪伦似乎管用，他嘬了一小口。

刚咽下那口柠檬水他就哭了。我惊呆了，无法理解一口柠檬水怎么会给人这么大的罪恶感，刹那间哽咽起来，泪水在眼眶里打转。

"你这是在自杀，迪尔。"我的声音颤抖着。

"我不想再这样了，"他哭得喉咙嘶哑，"我该怎么办？"

"我不知道，"我弱弱地说，"但我一定会帮你。"

我终于哭了出来，因为他还愿意向我求助，这让我释怀。尽管我对怎么帮他毫无头绪。想起他这么多年一直在对我隐瞒真相，我还是有点生气。我心疼地把他骨瘦如柴的身体搂进怀里。

"晚点我会买点营养奶昔回来。有的同学用那个代替午餐。"我走的时候迪伦还在哭，"你真的不能留下吗？"他急切地问，"你不会去潜水吧？"

"我只是去见个朋友。"

"别去潜水。留下陪我。"

我很想留下。我想跟他打打闹闹，玩玩野蛮刽子手拼字游戏，就像正常的一家人。但是泰在等我，而且艾迪也在等我，还有我潜水四分钟的目标。

"你好好休息。我很快就回来。等我回来以后，我们一起再看一部影片，好吗？"

他点了点头，但我看得出他感觉被抛弃了。再坚持几天吧，迪尔！我离开的时候在心里默念。我一定要潜到深潜点的最深处，那里能找到所有答案：找回丢失的记忆，一切都能做个了结。一切只能如此。做完这件事我才能完全专注在迪伦身上。

潜完水后回到船屋休息，我还处在亢奋中。三分四十五秒——我刷新了自己的最长潜水纪录。现在我信心十足，感觉自己一定可以做到。泰递给我一条毛巾，一边把潜水服褪到腰上，一边擦头发。我站在那里看呆了，他看起来那么快乐，那么放松。真希望是因为我。突然想起被我丢在家的迪伦，心里一阵愧疚。我默默祈祷他已经吃了些东西。

"我得回去看看迪伦，"我边擦头发边对泰说，目光尽量回避他裸露的胸膛。他走到我身边，吻住了我的嘴唇。这个吻温柔绵长。他的手指游走到我背后潜水服的拉链上。

"等等。"我说。这时我们俩都已经气喘吁吁。

"怎么了？"他在我耳边低喃。

"我得回家了，"我又说了一遍，"我不能再把迪伦一个人扔在家里不管。"我很艰难地挤出这些话，因为根本不想离开。现在船屋才是我的家，而麦凯伦大道的那个不是。

"他应该好点了。"泰温柔地抚摸着我的脖颈，让我不由得心颤神摇。但我真的不该这么长时间不管迪伦。

"相信我，他不会有事的。"

五点钟了，我已经外出了几个小时。也许只要我能在六点之前赶回家就没事，而且妈妈现在应该已经到家了吧。

"那好吧，我只能再多待一小会儿。"

他继续吻我，那感觉就像在水下。清晰却有点扭曲。水里所有东西都会显得更大。我用手指轻轻划过他的后背，他忍不住发出呻吟。

"你是认真的？我的意思是，你确定你喜欢我么？"我往后退开好看清他的脸。不是我不相信他，只是希望能确认他是认真的。

"我……你不会再走了吧？"

"我哪也不去。"

一个念头冒出来。我敢肯定，泰现在会答应我的任何要求，这是我的好机会。"你能跟我一起去么？明天。你能不能跟我一起去跟艾迪告别？"我说得飞快，怕自己会改变主意。我把脸埋在他的锁骨间。我听见他深深吸了一口气。

"求你跟我一起去吧，"我又说了一次，"我需要你在那儿陪我。"

"好吧，我陪你去。"他在我耳边说，"为什么非得是明天？"

"因为……因为我准备好了。"这是我唯一能想到的答案，尽管我自己也不是百分百确定。

"这是真的吗？"我问他，希望我们能永远这样。

"是真的。"他答道，抚摸着我的头发。

"告诉我一个秘密。"我轻声说。

"好吧。你保证不说出去?"

他的呼吸有伏特加的味道。

"我能告诉谁?"

"被赶出学校的时候,我哭了。"

"骗子。"我希望他说的是真的,但我知道不可能。

"轮到你了。"他说。

我没推辞。

"有一万多种不同的海藻。"我说。

"这不是秘密。"

"你以前知道吗?不知道。所以这是一个秘密。"

"作弊。"

"泰,我能问你一个严肃的问题吗?"

"你的问题都很严肃。"

我撑起来身子看着他的脸。"你为什么不喜欢聊自己的事?"

他也坐起来,碰倒了伏特加。

"我不是刚刚才告诉你我最大的秘密吗?"他说,装作恼火的样子。

"不,你没有。所以这才是重点。"

他笑了,一边擦着洒翻的伏特加,我们都已经被弄得一身酒气。

"我只是没那么有趣,"他最后说,"我有社交尴尬症,跟你一样。有时候有点二。"说完他把洒了伏特加的毯子扔向我。

我醒来的时候,暮霭沉沉,船屋里几乎已经全暗下来,有股冷风从门上的缝隙里钻进来。我们睡了好几个小时。我摇醒了泰,告诉他我得走了。他迷迷糊糊地答应着。

"明天别忘了。"我提醒他。

明天,我终于可以跟艾迪再见面了。

199

18

我到家时门厅一片漆黑，寂静无声。厨房也是。一阵风吹来，让我觉得不安。后门没关，被风吹得吱嘎作响。我慢慢地走了出去，来到紫罗兰色的夜空下。迪伦的障碍训练器具几乎摆满了整个院子——橘色的障碍跑三角锥、妈妈的健美操踏板，还有健身球。然后我看见了迪伦。安全灯的灯光下，他正侧躺在苹果树下一动不动，脑袋旁边有一只哑铃。

我跑过去把他翻过身来。

"醒醒，"我喊道，"起来啊，迪尔。"

他的皮肤又凉又黏腻。运动鞋穿在细棍似的两条腿上显得格外硕大，他的白T恤上已经沾满了斑斑点点的青草渍。我把耳朵贴在他脸上，只有一点游丝般的呼吸。这时一阵狂风突然扫过院子，把通向墓地的后门吹得洞开，砰的一声撞在栅栏上。我走到门边，往墓地里张望了一下，空荡荡的。

伏特加的酒劲让我头晕，我跌跌撞撞地跑去打电话叫救护车，拨号的手在一个劲地发抖。等我再跑回去时，迪伦的眼睛半睁着，露出下面布满红血丝的眼白。一开始我以为他死了,但他痛苦地呻吟起来。

"她在哪儿?"他的声音轻得像吹气一样。

"妈妈?我不知道。她还没有回家。坚持住,好吗?救护车就要来了。"

"我得找到她。"

"不要担心,我会找到她的。"

迪伦从喉咙里长出了一口气。

"不,"他哑着嗓子说,"那天。我一直在找她。我游泳的时候看见她了。她就在沙滩上。"

我听不懂他在说什么。我问他是不是吃了什么。我问他是不是吃了什么药,但他一直摇头。我听上去真像爸爸。

"她那天不在那儿,迪尔。她在家里,记得吗?她来晚了,警察来了以后她才到的。"

他靠在我臂弯里的头变得越来越重,黏腻的金发贴在我的皮肤上。

救护人员冲进院子的时候,他又开始喃喃自语。

"她在,"他说,"妈妈那天在那儿。她有外遇。"

各种画面在我脑海中翻腾,卵石滩,一团朦胧的蓝色——她的外套,艾迪在水里扑腾,妈妈从车里出来。我弄不明白这一切到底是怎么回事。记忆疑云密布。

救护员把迪伦抬上担架送进救护车,妈妈突然出现在道路尽头。她愣了一下,接着捂住嘴向我们跑来,跌跌撞撞地扑倒在门口的步道上。我想去扶她进屋。突然间她变得很陌生。

"迪伦!"她喘着气冲过来,刚揭开迪伦脸上的氧气罩,就被护理人员一把拖开。她用布满血丝的双眼瞪着我。

"他出了什么事？"她痛苦地尖叫。我闻到她嘴里喷出一股很浓的酒气，想到很有可能是我自己的味道。我闭上嘴巴不敢再说话。一个医护人员过来说："我们要带他去因弗内斯的急救医院。你们可以开车跟着。"

妈妈扑到他身上。"我是他妈妈！"她喊道，"我必须跟他一起去！"

医护人员抓住她的肩膀把她推开，他注视着我，解释说救护车上只有一个座位留给家属。妈妈迅速挣脱开，奋力爬上了救护车。她把皮包一把甩给我，哐当一声砸在马路上。

"艾希，你打车去，我钱包里有钱。"

我彻底惊呆了。另一个医护人员对妈妈耳语了几句，又看了看我，却被妈妈一把推开了。

"打电话给你爸，让他赶快来！"门关上的时候她又对我喊道。于是只剩我一个人站在家门前的那条街上，头发还没干。已经十点多，天还没有完全变黑。此刻的天空是浓郁的靛蓝色，空气中弥漫着盛夏的热气。

在去因弗内斯的出租车上，我想从钱包里翻出她的手机。结果翻出一打我没见过的照片，是我、艾迪和迪伦在沙滩上，在仙女峡，还有在一个农场上。大多数都皱巴巴的褪了色。我还找到二瓶安眠药和一盒没开封的避孕套。真恶心，比起爸爸我更恨她。我也恨泰，他让我忘了哥哥需要我。不过我最恨我自己。满身都是凝固的海盐，我舔了舔嘴唇，咸涩的味道让我作呕。出租车猛地刹车停在路边，司机扶我下车去路边吐。

"你说我哥会死么？"我吐完以后问他。

"我想他一定会没事的。"他轻轻揉着我的后背说。计价器还在跳。

我用妈妈的手机打给爸爸,但他没有接。我一直按重拨键。最终,我隐藏了号码,他接了。我告诉他迪伦的事,电话里传来好像被掐住喉咙似的痛苦的呜咽声。我猜等我们全都到了医院,一定会上演一场大战。

第四部

艾迪：再讲一个吧，然后我就去睡觉。

迪伦：我想不出更多的了。

艾迪：求求你了。

迪伦：艾迪，我全讲完了。

1

医生对迪伦的病情十分担忧。我们三个等在重症监护室的门口,我站在爸妈中间隔开他俩。两个口罩挂在脖子上的医生出来了,告诉我们迪伦现在严重营养不良,很可能会导致器官衰竭。他们还说现在他处于脱水状态,必须立即输液补充营养。

我们只能透过一个小窗口探视他。他应该是睡着了或失去了知觉,看上去对围着他忙碌着的那群白大褂毫不在意,任凭他们在他的手臂上扎针,把液体输进血管里。透明的软管像蛇一样盘绕在他脸上,插进鼻子里。他的脸色跟身上盖着的被单一样白。

"我们能进去吗?"我父亲问。

"不行,我们必须先等他稳定下来。"

妈妈紧紧地抓着我的胳膊,指甲掐进了肉里。我的思绪很乱,一会儿担心迪伦会死,一会儿又想起妈妈的外遇。

我们被带到了家属等候室。

穿着各种颜色大褂的人轮流进来问问题。同样的问题问了一遍又一遍。

他以前晕倒过吗?

他有药物过敏史吗?

他体重多少?

过去这几天他都吃过什么?

喝过什么?

他抑郁吗?

学校里有什么麻烦吗?在家里呢?

他已经被限制多久了?

"你说限制是什么意思?"整个过程中父亲第一次提问,听上去火药味十足。

"我的意思是控制进食和液体摄入的量。"

爸妈答不上来这些问题。而我不想回答,所以保持沉默。这样会容易得多,就像五年前。

几个小时过去了。我坐在门边,能看见走廊上人来人往。爸妈在后面靠墙坐着,一张棕色的旧椅子隔在他们中间。爸爸在扯椅子里的填充物,妈妈在打哈欠。两个人都面无表情地盯着地面。

走廊渐渐变得空荡荡的,我溜出房间沿着走廊闲逛,一间间地偷看路过的房间。直到一个穿着白大褂的女医生走过来,她把高跟鞋踩得咔咔响。

我在家属等候室见过她。

"你在找厕所吗?"

我摇了摇头。

"咖啡机?"

我点了点头,突然觉得很渴。她往走廊的那头指了一下。

"我要去看一下你哥哥。"她微笑着说,然后转身向我来的方向走去。

"请等一下。"我叫住了她。

"什么事?你是艾希,对吗?"她回头向我走来,调整了一下自己的听诊器。

"是的。"我对要问的事突然畏缩起来,但医生一直在微笑。她在等我开口。

"他……我是说迪伦……迪伦已经病了很长时间。是他让他自己生病的,他总是假装吃过东西。但我想他应该很多天没吃了。"

我咽了口口水,嗓子眼里堵得慌,我等着她对我怒吼,但是她却用柔和的语调问我:

"是你发现了他,是吗?你叫了救护车,你做得非常好。"

我想告诉她那都是我的错,我没有阻止他,是我任由他这样糟蹋自己的,因为我一直在忙着理顺我自己的生活。可是最后我只跟她说了关于柠檬水的事。她的胸牌上写着 S. 肖医生。我猜不出她的名字到底是莎拉,还是莎莉,或者是赛琳娜——那个我爸爸喜欢的网球运动员的名字。

"谢谢你,"肖医生说,"你说的这些很有帮助。"

我端着两杯咖啡回到家属休息室,发现房间里有股酒味。我把杯子递给爸妈后坐回到门口的位置。

"你去哪了?"父亲问道。

"去给你们拿喝的。"我皱起眉头。

他木然地看着手中的杯子,然后仰起脖子一口气喝光了咖啡,被苦得整张脸拧成一团。

"看看你这副尊容，艾希。在这之前你干什么去了？"

我的头发乱糟糟的，挂满凝固的海盐渣，身上散发着一股橡胶和汗水的混合味道，还有泰的味道。

"我去跑步了。"

他用力把杯子摔在地上，一次性塑料杯裂了。

"看在老天的分上，我只是离开了你们几个星期，看看现在这个家都变成了什么样。"

"现在能不闹吗，科林？我们能不能先照顾好迪伦？"

"噢，你现在知道管迪伦了？"他转身对着妈妈说，她没法回避他的眼神，"现在你关心自己的儿子了？我们之前在酒吧的时候，你好像对他漠不关心。"

"那你为什么不在他身边？"她对他尖叫起来。

她气得全身都在发抖。爸爸冲出了房间。

凌晨三点的时候，肖医生让我们先回家去。我们没有选择，只能去父亲在因弗内斯的公寓待上一晚。

我睡在沙发上的时候没有练习屏气，而是做着深呼吸，往里吸气并且数数，数我吸气吸了多久。妈妈睡在另一张小一点的沙发上，她一直在哭。我没有过去安慰她。我甚至没有问她好不好。我只是盯着她的轮廓，想着迪伦说的话，想理出点头绪来。不可能是真的。迪伦的脑子一定是坏了，他很混乱，弄错了。我父亲才是那天不见了的人。不是妈妈。她是后来坐车来的。我知道。我当时就在那里。

等房间里的一切都归于平静，我爬起来在狭小的公寓里到处走，浴室，厨房，然后回到起居室。我靠在橱柜上，脚底下冰冷的瓷砖让我清醒。厨房的地面铺着二十六块大瓷砖。灶台上面的墙上贴着十二块小瓷砖，是灰白黑相间的图案。我的眼神跟着瓷砖的纹样从左往右扫过去,再从右往左扫回来,再从上往下,用眼光划着锯齿状图案。

早晨七点三十分,电话响了。医生通知我们马上去医院。

我们快到监护室的时候,肖医生已经在走廊上迎接我们了。我猜她没有回家睡觉,但像是小憩过,她的气色看上去还好。她告诉我们迪伦需要再插一根管,那样他才能获得营养。他的心率太低,不能再等了。否则他可能会死。

"能不能喂他一点橙汁。"妈妈用颤抖的声音建议道。

父亲推开我,一把抓住她的肩膀。"西莉亚,他不是得了该死的感冒。"他说这话的时候咬牙切齿,唾沫从牙缝里溅了出来,"你难道没发现他已经瘦成什么样了吗?"

"是你抛下我们不管的。"

"我指望你能从床上爬起来,好好照顾你的孩子。可你呢?你只是把脑袋埋进了酒瓶子里。还有,艾希到底怎么了?你是不是又让她喝酒了?"

"他只是需要爸爸在身边。"妈妈哭着说。她没有看我。

爸爸攥紧拳头,长长地深呼吸,最后终于慢慢地把拳头缩了回来。妈妈眼泪汪汪地看着他。他们一直这样对视着,直到医生进来。

"对不起,你们的儿子……"

"做你们该做的事吧,"父亲对肖医生说,"把那根管子弄好。"

"当然,不过问题是我们得把他绑起来才能动手。昨晚我们给他打了点滴,勉强给他补充了点营养,但后来他把管子都拔掉了,我们现在无法靠近他。他很难过,很焦躁。"她说,"我们需要得到你们的许可才能绑他。"

"绑?你们别想碰我的儿子。让我跟他沟通吧,我会说服他的。"

妈妈说。

"我恐怕他不想见你。如果你们不同意,我们就只能隔离他。"

最后父亲签了同意书。

肖医生解释说,他们会往他的鼻子里插入一根营养管,然后从喉咙通进胃里,这样就能导入流质食物。

"请你们轻一点,好吗?"我恳求道。肖医生点了点头。

我们三个站在迪伦房间外的走廊上,里面传来迪伦的尖叫和挣扎声,还有金属掉在地上的声音。我听见肖医生说:"往下咽,往下咽。继续咽。"

2

三天后，我们终于被允许探视迪伦。他独占了一间离年幼孩子比较远的房间，以免他的尖叫声吓坏他们。这意味着我能跟他单独说话，不会被别人听见。我得问明白，他之前说的那些是不是真的。妈妈在医院的礼品店买东西，我丢下她自己跑上楼，这样就能单独跟迪伦说话了。

我爬上楼，碰到了肖医生。她对我挥了挥手，把我带到了迪伦的房间。

"我去了那里，"他含糊地说，"那里非常棒。和我一起来……我们可以吃意大利……面……"

我不解地看着肖医生。

"他打了镇静剂，所以会有点混乱。不过药效马上就会过去。他自己拔掉了营养管，一个护士绑他的时候，肚子被他踢了一脚。"

"他从来没那么暴力过，肖医生。"我听上去像一个妈妈在校长面前为自己淘气的小孩辩护。但是我说的根本不是真的，迪伦把泰打得鼻青脸肿。他好像变了个人。突然自责起来，我早该注意到他不对劲。在普安特的那个派对上我就应该发现，他那么用力地抓我，把我的胳膊都抓青了。我的心思全都放在了泰身上，压根没想到他的行为多么反常。

"你妈妈呢？她会来吗？"肖医生问道。

"她在礼品店。"

肖医生犹豫了一下，把我拉到房间外面的走廊上。

"家里面都好吗？你父母是不是分居了？"

她用审视的眼神看着我的脸。我知道她想从我的脸上找出蛛丝马迹，我跟迪伦不肯说话的时候，医生们也是这样审视我们。她想证明迪伦拒绝进食是因为我的父母。她别想从我的脸上和声音里看出什么。我咬紧牙关一言不发。

还没有机会跟迪伦单独说上话，妈妈就出现在走廊里，手上拎着一个装满糖果和杂志的白色购物袋。

"曼恩太太，很抱歉我们不得不给迪伦使用镇静剂。我不得不告诉您，如果在不使用药物时他的行为仍然失控的话，CAMHS小组将把他转移到一个更安全的房间。"

"什么小组？您能说英语吗？"

"儿童及青少年心理健康服务小组。"

"肖医生，"妈妈大声说，"您也是这个小组的成员，是吗？"

"我是。"肖医生答道，"听着，您先花点时间跟迪伦待会儿，也许您离开前我们可以谈一谈。"

"行啊。"妈妈说，不过我看得出她根本不想留下来谈一谈。她一进迪伦的房间就开始碎碎念，说些类似今天多么暖和、天气多么好、多么适合去峡谷里散步、鸟占领了大教堂的废墟这种毫无意义的事。

迪伦几乎不去看她。他躺在床上，叹着气，用手指量着自己的胳膊。最终,他打断了她,问她学校怎么样了。

"学校放假了。"我说。

"噢,我忘了。"他说道,"祝你假期愉快!"

那天晚上,我偷偷溜出爸爸的公寓,自己打车去了医院。在厕所里躲了半个小时,我才终于找到机会溜进迪伦的房间。我摇醒了他。他身上有一股香草和胃酸的味道,鼻子四周红红的,是插营养管留下的印子。

"你一定要好起来,"我轻声说,"不然他们会把你关起来。"

迪伦无力地看着我。蓝色的月光从窗子里透进来,所有的东西看上去都灰蒙蒙的。

"我已经被关起来了。"他说,转身背对着我。我走到推车床的另一边。

"你告诉我的关于妈妈的事,是真的还是你编的?你是不是搞错了,是爸爸有外遇吧?"

迪伦的眼神定了几秒钟。

"我不记得自己说过。我可能那时候有点神志不清。"

"你可能?那就是说,你记得你说过的话?"

"都不重要了。"

我想抱紧他,求他赶紧好起来跟我回家,可我没有。我怕碰断他的骨头,更怕不知道回家后会发生什么。

"我看见艾迪了,"他哑着嗓子说,"我看见他在水里。"

"我总能看见他。在街上,在我床上,在天上。"

"在水里。"他又说了一遍。

他呻吟着,呼吸越来越沉重。我不知所措地看着他,整整几分钟,不知道该说什么。

"你怎么了,迪伦?你为什么会这样?"

但他已经昏睡过去。

"迪伦,"我轻轻地叫他,"肖医生说你很不听话。"

他在睡梦中,露出了笑容。

3

转眼六月过去了，七月的天气依旧闷热潮湿，三明治湾清凉的海滨是唯一的避暑好去处。我一有时间就和泰见面，但他变得很难相处。现在他和丹尼好像已经不说话了，他似乎怪在了我身上，每次我问他怎么了他就会凶我，要不就潜到海里很久都不上来，让我一直担心他会不会出事。他对我很冷淡，但只要我一说要去医院探望迪伦，他就会纠缠我，说想见我。

我每天都在考虑去深潜点的事，但没跟他提起。只要迪伦的身体一恢复，我就再去潜水，只希望艾迪会等我。自从迪伦进了医院，他就变得非常沉默。不管我怎么叫他，他都不理我。我深深地觉得，可能他介意我跟泰交往甚于他自己的病。而艾迪永远都没机会交女朋友了，我第一次感觉到彼此间的隔阂。每当想起迪伦奄奄一息地躺在医院里，我却在和泰卿卿我我时，罪恶感就会悄悄爬上脊背。可如果我留在医院陪迪伦，又会觉得辜负了泰，而且迪伦现在的样子实在令人心烦。

插营养管让迪伦增重了一些，但也让他的脾气变得特别暴躁。

"你们怎么能这么对我?"他总是会对我吼,"你们就是不想让我好过。"

"这都是为你好。"我说,掩饰不住声音里的厌倦。太不公平了,整个暑假我都在陪他,想让他振作起来,他却毫无感激之心。而他从头到尾都有秘密瞒着我,竟然还理直气壮地埋怨我?

我被派回家去帮迪伦取些衣服。肖医生嘱咐我,要找一些宽松但合身的衣物,不要拿他最低体重时穿的那些。她说的是"最低体重",而不是"瘦得像鬼"或者"只剩一口气"。现在我已经习惯了医院的隐晦说法。他们说什么我都能听出弦外之音,那些话的真实意思。

虽然我已经在迪伦的房间到处喷了一遍空气清新剂,还是能闻到一股呕吐物的味道。从窗口往下看,橙色的三角锥还倒在那晚发现他的地方,被风吹得滚来滚去。

我随手抓起一个包,开始往里面塞旧T恤。裤子比较难选。我不能选那些太松垮的掉裆裤,因为裤腰一定挂不住,医院里又不允许系皮带。最后我找了些有松紧带的运动裤,还有差不多能穿的短裤。

放袜子的抽屉卡住了,我使劲猛地一拉,整个抽屉柜都摇晃起来,迪伦的游泳奖牌和科学奖章全都翻倒在地。我很恼火,狠狠一脚踢在一个奖杯上,坏了。我一点都不在乎。我飞快地把抽屉里的袜子往包里塞。这时一个被揉成一团的字条冒了出来。也许是劳拉写的情书。我把它塞进口袋里留着晚点再看。我想等我看完再把它撕成碎片,然后寄回给她。

等我带着衣服回到医院,迪伦的心情似乎更差了。我猜一定是被爸妈烦的,果然爸爸正在跟他讨论还没出来的考试结果和他的前途,妈妈正大惊小怪地摆弄着他的营养管和枕头。

"滚开。"我们挤在他床边上忙活的时候,他咆哮起来。

"我觉得你应该对我们客气点。"我说。

"别那么凶，艾希。他是病人。"妈妈说。

又是这样，我的哥哥变成家里的累赘，而我却变成了那个被撇在一边的人。

"好吧，谢谢你们。但别再管我了。今天的探视到此为止，再见。"迪伦说着，翻身背对着我们。

我突然受够了他难闻的味道、他的傲慢、他说的那些奇奇怪怪又矢口否认的话。我彻底受够他了。

"你怎么变得这么不可理喻？你现在正在自杀，难道你一点都不在乎吗？"

妈妈大口大口喘着气，然后忍不住哭了起来。迪伦的脸皱成一团，我以为他要哭了，可他突然爆发出一阵大笑，一边笑一边吐了口口水。我们担忧地看着他。

"冷静，迪伦。让我们重新开始吧。"爸爸说。

我父亲似乎认为过去的事能一笔勾销。我的嗓子眼痒痒的。

迪伦扭过头看着我。"艾希可以留下。其他人，都走。"

爸妈开始争吵，迪伦按下了床头的呼叫铃，一个护士进来把他们都请了出去。

"给你们十分钟时间。"护士对我和迪伦说。

门关上了，迪伦把我拉近他身边。他嘴里有股难闻的劣质香草代餐粉味。

"你得帮我，"他低声说，"我需要你帮我做点事，但你不能告诉任何人。"

"我是在帮你。"我低声说。

"不，我是说我需要你帮我做件事。"

他的眼睛不时四处看,他好像很怕有人会偷听我们的谈话。

"你得去问问你的男朋友关于艾迪的T恤的事。"

我叹了口气。他说的话越来越让人搞不懂。我告诉他好好休息,明天我再回来看他,但他牢牢地掐住了我的脖子。

"听我说。艾迪的T恤被藏在某个地方,泰以为在我手上。他想知道我是不是已经把它销毁了,但我其实一直没找到。我找了几个月,到处都找过了,但它就是凭空消失了。你得跟泰谈谈,找到它。另外,如果他告诉你T恤藏在哪儿,你得找出来然后烧掉它。"

一定是因为他在用药,或是他快死了。人临死前都会说些疯狂的事。为什么艾迪的T恤会不见?为什么迪伦要烧掉它?我哥哥疯了,我使劲忍着不让眼泪掉下来。

"迪尔,你知道自己现在在哪儿吗?"

他茫然地盯着我。我抓狂了。还有什么问题能测试一个人是不是疯了?

他的眼神重新聚焦,他说:"我是认真的。衣服在泰那里,你去问他。就是那天艾迪穿的那件红色T恤。"

"红色?不,你记错了。艾迪那天穿了件蓝色T恤。你不记得了吗?他还因为这事发了一通脾气。最近我一直在想应该是爸爸拿着他的T恤,因为我记得自己昏过去的时候,他把衣服盖在了我脸上。做梦或者记忆闪回的时候,总是会出现一件蓝色的东西。但现在我发现那不是艾迪的T恤,而是妈妈的外套。但这很奇怪,为什么他会拿着她的外套?那天很冷,为什么她没穿着外套?"

迪伦把我拉得更近了。

"不,"他提高了嗓音,"这件事你一定要相信我。艾迪没有穿蓝色T恤。你忘了吗?就在我们出门之前他换了衣服。我们要走的时候电话响了,他趁机跑上楼去换的。他换上了那件红色的,上面有个破洞的那件。"

各种颜色在我的脑海中飞速地转动,我昏过去时那团蓝色、灰色的鹅卵石、白色的泡沫,还有艾迪的红色T恤,上面有金黄的狮子标志,艾迪穿着它,在水里扑腾。

灰黑色的海里,有一抹红红。

我记起来了,他是穿着那件衣服。

迪伦在摇晃我。

"艾希,你能找到那件衣服吗?"

我从迪伦手里挣脱出来。

一道红光。我想起碧玉石英,还有其他的石头,船上的男孩们带去洞窟的幸运石,然后我恍然大悟,我知道艾迪的T恤在哪里了。

"我不明白,"我喃喃自语,"为什么你说泰拿了艾迪的T恤?你又是怎么知道的?"

"他给我写过一张字条。五年了,我一直在等别人发现我们做过的事。现在一切都快要水落石出了。"

"你做了什么?"我轻声说,声音好像是从几百里以外传来的。

"是我的错。我本来可以救他,但我没有。"

"你们做了什么?"我重复道,"你说的'我们'是谁?"

迪伦开始用力扯营养管,他使劲把鼻子里的管子往外拔,浓稠的香草营养液喷得到处都是。

"今天的探视结束了,你走吧。"他大声说。

"你还记得什么?"我用恳求的口吻问道。我听见护士已经往这里走过来。

"没有了。"

"还有什么？"我愤怒地叫道。

"爸爸在沙滩上发现了妈妈的外套，他到处问有没有人看见什么。我早告诉过你。她在那儿。"

这时一个护士进来了，把我带出了他的房间。

4

我在旋转门里转了好久才从医院出去。我坐在港口的高墙上，从迪伦放袜子的抽屉里找到的字条就在手心里，我用颤抖的手打开了字条。

> D
> 我得和你谈谈那天发生的事。
> 我明天六点在普安特等你。请务必来。

我翻到字条背面。

> PS　毁掉这封信。泰。

我想说服自己，也许还有另外一个泰，这一切都是误会。可我认得出他的笔迹。这张字条上歪歪扭扭的笔迹和泰给我的字条上的笔迹一模一样。这根本说不通。我必须找出艾迪的T恤，现在就去。

三明治湾很远，我要先走到那里，然后才能潜到洞穴，可现在天已经快黑了。

我从妈妈的手袋里偷了些钱，打车回家取我的头灯和手表。没时间去船屋取我的潜水服了。我一刻不停地走了两英里赶到三明治湾。我已经精疲力竭，但我没有时间停下来恢复体力。脱掉上衣，我只穿着内衣下到海里。一下子浸入冰冷的海水，浑身像被针扎一样疼。我爬过岩池的时候，尖锐的石头扎在手和脚上。夜空清朗，虽然太阳下山前天气还有点热，但空气中已经慢慢升起一股凉意。我给自己讲艾迪的笑话来安慰自己，我记得一个关于天使鱼的，它能给我动力，让我忘记身体的痛楚。

我终于完全没入海水里。冻得失去了知觉。头灯闪个不停，刚照亮通向洞穴的拱门上的那些贝类它就灭了，我陷入一片漆黑之中。该死！没电了。我拧了拧头灯，灯又亮起来。我只需要它再坚持几分钟。大脑在驱使我快点游，快点拿到T恤，但我还是游得很小心以免撞上东西。我数着自己缓慢的心跳。找到进去的路还算容易。我知道只要一到转角就得迫使自己再下潜一米，然后拼命踢腿直达水面就到了。耳鸣开始的时候就该踢腿了。一下，两下，三下，四下，五下——然后我冲出了水面。

我尽可能地快速吸气，把带霉味的空气都吸进肺里，然后从水里一跃而出，爬到了石头上。我低头让头灯照在脚上。脚已经鲜血淋漓，是被刚刚出水时掠过的那些尖石划破的。

我爬上石阶，氧气缓慢地回到我的身体里，我贴着洞边的礁石往宝座挪去。脚上的伤口留下了一条滑腻的血痕，好几次我差点从礁石上滑下去。终于到了宝座那里，我把手伸进去，手指触到了那些冰凉

223

的石头。起先，我还慢慢地把它们一块块拿起来，掂掂重量，然后再扔到水里。后来我发现石头比我记忆中的多太多了，我一把把地抓起石头，随意挥进水里，它们落水的声音在洞里此起彼伏。要够到宝座的最里面，我得攀在墙的一侧，一边尽量保持身体平衡，一边伸手进去够。终于，我的手指触碰到了像布料的东西。

那件T恤很硬，带着潮气。就算有头灯照着，在黑暗中它看上去还是灰色的，有一小会儿我以为自己搞错了，松了一口气。可是随后我注意到了那只狮子。这的确是艾迪的T恤。我想起六月的时候摸到它时还以为是海里的垃圾。一阵恶心，我忍不住打了个冷战，突然想起上次我们来洞穴的时候丹尼的脸色。他面无血色，吓得好像见鬼了一样。他一定跟这件事有关。现在我明白了为什么丹尼那天表现得那么怪异：潜入洞穴的最后一秒他的迟疑，还告诉我要紧跟着他。我是对的，他很害怕——但不是怕这个洞穴，而是怕我发现什么。

泰字条上的话在我脑海里翻腾。D，我得和你谈谈那天发生的事。泰。

D。D是指丹尼？难道那张字条是给丹尼而不是给迪伦的？可能是迪伦误收到的。不对，那不可能。我怎么也想不通，我只知道我得赶紧从这里出去。

头疼欲裂，心怦怦地跳，我抓紧那件T恤，从礁石上一个铅笔跳落入水中，我默默祈祷出去的时候不要迷路。

水一下子涌上来封住了我的头顶，嗡的一声，我又回到了那里，回到了艾迪失踪的那天。

妈妈的车子冲进海滩停车场，嘎的一声尖锐的急刹，后轮还在飞转，把地上的沙石灰尘都扬到空中。我扑过去打开驾驶室车门，紧紧搂着她，她还没来得及解开安全带。她身上有盐和海藻的味道。她的白色上衣很脏,好像被巧克力蛋糕糊了一身。

"我一接到电话就赶过来了。他在哪里?"她问道,"他们找到他了吗?"

她哆嗦着解开安全带,当她迈腿下车的时候,一块干了的海藻从她的鞋子里甩了出去,落在我身后的警察身上。他抖了抖腿把它甩掉,然后伸手扶她下车。

"是曼恩太太吗?"他问道,"我们还在搜寻你的儿子。"

她发出一声呜咽,好像快死的猫从远处的巷子里传来的声音。警察把她带到沙滩上。她苍白的手臂露在外面,起了一层鸡皮疙瘩,我很想跑过去把我的外套给她披上。但我安静地跟在他们身后,不知道他们有没有注意到我,我就像个隐身人。

我们站在普安特的顶上,看着海岸救援队登上救生船。我父亲正在灯塔后面的海滩上,向每个人询问他们刚刚在不在那儿,是否看见了什么。后来他停下了,从地上捡起了什么,一件衣服或者只是一块垃圾。他举起那个东西仔细地辨认。他在干吗?为什么不跳进水里去找艾迪?我又指向艾迪扑腾的方向,但是没有人注意到我。人们只是在靠近岸边的白色泡沫里蹚着,寻找丢失的小艾迪。

"在那边。"我喊道。还是没有人听我的。我拨开人群走到水边,却一下子摔倒在鹅卵石滩上。我浑身颤抖,喃喃自语,想分清楚自己看到的是海还是天。一声惊雷般的巨响在我耳边炸开,而且连绵不绝,接着父亲的脚出现了,踩在鹅卵石滩上正走向我。他手里还拿着妈妈的蓝外套。他把外套盖在我身上。

"救命啊,来人啊!帮帮我,"他喊道,"她晕倒了。"

出口就在前面。我的双腿,强壮有力地蹬水,带我穿过拱道回到了开阔水域。然后我凭着月光折射的影子游回水面。我游出水面的地方比我预估的要远得多，至少离下水时的岩石有一百米。这里的风浪很大，雨水噼里啪啦地砸得脸颊生疼，我顶着大雨游回岸边，手里紧紧攥着艾迪的T恤。

妈妈抵达海滩的时候没有穿外套。然而，外套在我父亲手里。迪伦是对的。她那天一定是先到过海滩，她把外套落在那里了。

5

潮湿的地面让我脚上的伤口不那么疼了,我穿过废弃的高街向船屋走去。我到那儿的时候已经快夜里九点了。我在船屋里找到了泰,他正靠在墙上吞云吐雾。

"该死的,发生什么事了?"他抓了条毯子拿过来给我,眼睛瞪得老大。他走得极慢。也许是因为我自己的动作很慢。

我举起艾迪的T恤,这个动作花了好几秒。泰发出一声哀鸣。

"你从哪儿找到的?"他问,伸手过来想摸。

我没有回答,因为这是明知故问。

"我发现了你的字条。"我说,"谁是D?迪伦?还是丹尼?"

"是你哥哥。我很抱歉,艾尔。我想告诉你的。"

"告诉我什么?"我的声音低沉,抖得厉害,"请你告诉我,我不明白。"

泰一把握住我的手,也许是为了阻止我伸手打他。他在颤抖。

"我早就想告诉你一切,但我不能,因为我和别人有约定,"他低声说,"我答应过丹尼。"

丹尼，迪伦，泰。他们都知道些什么而我却完全被蒙在鼓里。我挣脱出泰的手掌往后退进角落里，靠在松了的木板上。我不能忍受靠他那么近，但我仍想知道真相。我把艾迪的T恤铺在膝盖上，用手指抚摸着上面的小狮子印花图案。这么多年被藏在洞穴里，压在那些石头下面，它已经褪色了。

"你告诉我，"我说，"艾迪到底发生了什么事。"

泰的眼睛红红的，可能是因为他撒的谎。

"那是个意外。"他开始了，"那天我去海滩是为了取丹尼的自行车，因为他之前把车子丢在了那里。"

"之前发生了什么？"

"我们骑车跟踪米克叔叔去了普安特，因为丹尼觉得他鬼鬼祟祟的。我们看见米克和一个女人在灯塔下面争吵。接着一阵嘈杂声，人们突然大喊大叫，米克和那个女人立刻开车离开了。丹尼看见他爸爸和别的女人在一起，他气疯了。他把自己的自行车踢烂了。但他必须得马上赶回家，因为他已经被禁足了，本来不该出来的。我自己一个人骑车带不走他的自行车，所以我得晚点再回去取一趟。"

我在想象那个画面。"一阵嘈杂声是怎么回事？"

泰的脸皱成一团，我快看不见他的眼睛了。

"我不知道是有不好的事发生。我发誓。我知道的话肯定会留下帮忙。我以为是海豚引得人们很兴奋。"

"你以为人们尖叫是因为看见海豚兴奋？你疯了吗？"

"不！不是那样！我离得不够近，看不清是什么情形。"泰停下来，我也沉默了，等他继续告诉我后来发生什么事。

"我再回到海滩的时候天已经黑了，"他继续说道，"我正准备把车链条重新装好，突然发现丹尼在海滩上。我很生气，因为外面冷得刺骨，如果他早说自己会回来，我就可以留在家里打我的电脑游戏。我蹑手蹑脚地走过去，从背后把他摔倒在鹅卵石滩上。但那不是丹尼，是另外一个看上去像他的人。那是迪伦。他尖叫着说水里有东西。我们都下水了，蹚到齐腰高的海水里，确实有东西……"

泰的嗓子哑了。我紧紧地抱住自己的肩膀，等着他接下来的话，紧张得能听见自己的心跳声。我想象着泰和迪伦在海滩上。两个男孩，互不相识，两个人在黑暗中，将要……

"我不知道那是具尸体。"泰低声说。

"别说了！"我尖叫起来，"我不想再听了。"

脑海中的画面在不停地涌现。不管我多么想知道真相，我都无法接受这样的事实。我永远都无法接受。

泰趴在船屋的地板上一路爬到我身边。昏暗的灯光下，他的目光呆滞。突然，他扑上来压住我。

"我抓住他了。"他说，抓住我的头发。

"你弄疼我了！"我喊道。我想掰开泰的手，但他抓得更紧了，眼神茫茫然不知道在看哪里。

"别吓我，泰。你放开我。"

"我抓住你了，"他低吼着，呼吸的热气喷在我脸上，"坚持住。这次我不会松手的。"

老天！他是不是灵魂出窍了？他以为我是艾迪！如果他杀了我怎么办？

"泰，是我，我是艾希。"我冷静地说，"放开我，告诉我发生了什么。"

他的一只胳膊滑到我背后把我抱起来，紧紧贴着他，然后把我压在墙壁上。

"求你了,泰。停下。我不能呼吸了。"

他转身对着船屋的另一个角落喊道:"我抓住他了。快来帮我!不,不要叫警察!他们会认为是我干的。他们会认为是我杀了他。"

"泰,放开我。"

泰的手臂松开了,我跌回地板上。肺感觉被压得像扁豆,我躺着一动不动,尽量轻地往里吸气。泰还在船屋里跌跌撞撞地乱窜,语无伦次地大喊大叫,好像瞎了一样往墙上撞。

"丹尼,等等,"他叫道,"我找到你的自行车了。"

他栽倒在皮划艇上。他是被绊倒的,半个身子蜷缩着在上面,抽泣起来。

过了一分钟,我才走过去。

"泰,我是艾希。"我轻轻地碰了碰他的肩膀。他的T恤已经被汗水湿透,但身上很冷。我很怕他还会抓住我,但他只是抬起头问刚刚有没有弄伤我。

"我还好。"我说,揉了揉被他捏疼的手臂。

"他的眼睛和你的一模一样。海的颜色。"

我呜的一声哭了出来,跌坐在泰旁边冰冷的水泥地上,靠着皮划艇。

"我爸爸是警察。警察曾经在电动车失窃现场发现我的指纹,他们说即便人们什么也没干,只要在现场发现了他们的指纹或者DNA,就会被送进监狱。我知道这听起来很蠢,但是我相信了。我当时抱着一具尸体,而且我以为自己手上沾满了他的血。我吓坏了。"

"他流血了?"我问道,泪水又要涌出来。

泰擦了把脑门上的汗。"我以为是血,后来才发现那是丹尼车上的机油。"

他没有流血,给了我一丝安慰,但是转瞬即逝。

"我放开了他,"泰说,他的声音小得几乎听不见。"我不是故意的,但他太沉了,我的肩膀快要垮了。"

"告诉我那都不是真的,"我低声说,"告诉我你没有放手。"

"我希望我能让时间倒流,这次我一定会把他带回家见你。"

我的鼻子堵塞得更厉害,头也更疼了。

我深呼吸了几下好让自己平静下来。

"迪伦在干什么?"我问道,"他没有帮你吗?"

"他在那里,就在我后面,但是他抖得太厉害,而且水里的石头让我们站不稳。艾迪滑下去的时候,他扑进水里去抓艾迪,但是太晚了。我想他撞到了头。他摔了一跤,我想帮他,可是他就那么跑了。"

我不敢相信自己的耳朵。脑袋里的各种想法像跑火车一样。迪伦,泰,艾迪。

"你没去追迪伦吗?"

"我想去追,但是被丹尼阻止了。当时他一直站在海滩后面的草丛里看着我们。他终究还是自己回来取自行车了,正好看见我抱着艾迪的尸体。他不让我去追迪伦,他逼我回家。"

"你说的都是胡扯!你,丹尼,还有迪伦都看见艾迪在水里,可是没有一个人吭声。过去五年,我一直不知道艾迪最终去了哪儿,一直在想他到底发生了什么事,但你们早就知道了。你们毁了我的生活,泰。你们三个人毁了我的生活!"

泰用手臂紧紧抱住自己,前后摇晃。"你得相信我,我真的很抱歉。"

"为什么你什么都没说?"我又问他,几乎说不出话来,"哪怕是后来,第二天,或者一个星期以后都没说。"

"丹尼不准我说。"

"为什么？"

"我不知道。他比我大，我觉得听他的话没错。"

"泰，你在撒谎。你是不是还有什么没告诉我？你是不是在袒护他？"

"没有，我发誓。"

我闭上眼睛，天旋地转。真想躺下，但我逼自己睁开眼睛。

"那你跟迪伦也做了约定吗？"

"没有。那之后我再也没见过他。直到几个月之前。"

"为什么迪伦什么都没说？"

"我不知道。应该是丹尼找到了迪伦，说服他不要报警。因为他告诉我他搞定了，他和迪伦烧了那件T恤，迪伦什么都不会说的。但是他撒了谎，艾希。他没有跟迪伦说过话，因为他是个胆小鬼。我发誓我不知道他把T恤藏在了洞穴里，几天前我才发现。当我告诉他迪伦被送进了医院的时候，他恼火极了，说什么之前发生的事都是我们的错，而且他早就警告过我不要跟你搅在一起。那时候他才告诉我T恤藏在哪里。我以为你不会找到的，我一直在想该怎么办。"

我走回船屋的高处，T恤在那里，泰一直跟着我。

"你到底是怎么得到这个的？"

我把艾迪的T恤举到泰的面前，就像是《犯罪现场调查》里面的审问官一样，只有属于我弟弟的证物是真实的。我感觉自己非常虚弱，好像所有的重量都压在身上。

"事情发生得太快了，"他哭着说，"我的手滑了。他飘走的时候，不知怎么我的手指被挂住了，肯定是衣服上有个洞，因为我听见刺啦一声。然后他就被海水卷走了，我的手里只剩下了一件T恤。"

记忆像洪水一样涌上来。爸爸告诉艾迪他不能穿红色 T 恤因为上面破了一个洞。电话响了，艾迪上了楼。然后我们坐进车里，艾迪在坏坏地笑，穿着他最爱的印着小狮子图案的红色 T 恤。

我感觉嗓子阵阵发紧。

"那你是什么时候把这张字条给迪伦的？"

"普安特的派对之后。我立刻就认出他是海滩上的那个男孩，然后他说你是他的妹妹。我觉得很不舒服。后来他来找我，但根本没给我机会开口。他问我那件 T 恤在哪里，我说我没拿，他就一拳打在我的鼻子上，还让我离你远一点。后来我跟丹尼说了，他说如果我继续留在这里，大家最终会发现真相，我们就会惹上大麻烦。"

我终于能把那些碎片拼凑起来了。迪伦流血的手指，我以为是干裂造成的；泰流血红肿的鼻子，他说是睡觉时撞的；还有泰和丹尼的争吵，泰的消失。原来早就有那么多的线索摆在眼前，只是我没有细想。

我从港口的高墙跳进海里的那天，丹尼还说："也许是你没有用心看。"

他说得对。我看到了那些表象，但我没有正确地解读。

我想起普安特的派对之夜，那时候我的全部心思都在渴望泰的吻上。我对迪伦生那么大的气，是因为他破坏了我的好事。而正是在那段时间，他们三个人一起对我隐藏了最可怕的秘密。

"你们放开了他。"我说。

这就是迪伦做噩梦的原因。

我爱的男孩也是放开艾迪的人之一。我永远都无法原谅泰。永远。

"拿走你的东西，"我低声说，"别再回来了。"

233

"不,别这样,"他求我,"让我弥补自己的错。我爱你。"

"你走。现在就走。"

泰把自己的潜水器材塞进一个帆布包里,涕泪交错。他跌跌撞撞地冲出了船屋,听着他踩在鹅卵石滩上的脚步声慢慢消失,我感觉自己整个人都破碎了。唯一留下的东西是曾经属于艾迪的一小部分。

"艾迪,"我对着黑暗轻声说,"你在吗?"

"我在。"是艾迪的声音。但我看不见他。

6

　　一段记忆。一段尘封许久的记忆。有一次艾迪去完医院以后和我一起躺在沙发上。他手臂上被抽血的地方贴着一块胶布。

　　"他们在上面涂了一种魔法膏。"他说,举着手臂让我亲。

　　我亲了一下。

　　我很嫉妒,我没有魔法膏,也不用抽血。

　　迪伦躺在我们脚边的地板上。

　　"你们想看DVD吗?"他问道。

　　我们说想。艾迪想看《冰雪女王》。

　　"妈妈,"迪伦喊道,"双胞胎想看DVD,我能给他们放吗?"

　　妈妈给我们拿来了热巧克力和毯子,并且帮我们盖好。

　　"可以。看完你们都早点睡觉。"

　　迪伦也跟我们一起挤在沙发上,艾迪舒服地依偎着我。

　　"艾丽,如果他们抽很多我的血,我会死吗?"

　　"我觉得不会。如果他们还需要抽血,可以抽我的,因为我和你的是一样的。"

7

泰对我坦白一切后的第二天，我决定实施我去深潜点的计划，然后永远离开黑岛。我已经没有再留下的理由。我一直等到天黑以后才行动，这样更容易避开别人的视线。

我去医院跟迪伦告别的时候他还在睡梦中。我在他的枕头下塞了一张字条，告诉他我很抱歉。我的父母在家属等候室里争吵，因为我妈经常占用爸爸的公寓。我没有跟他们说再见就离开了。

我已经没钱了，不能打车回家，只能坐巴士回去取东西。等我终于赶到港口的时候，已经是半夜了。跑了一路，我的腿疼得厉害，但至少我拿到了艾迪的纪念十字架，从普安特的海滩上拿的。十字架上的丝带又丢了一条，我从自己的运动鞋上拆了一条鞋带下来，牢牢地绑在十字架上。我需要的所有东西都准备好了，除了头灯，我的头灯没电了。我从厨房的抽屉里找了一个旧的。希望它还能用。

黑鳍俱乐部的门关着。于是，我从窗子里偷偷往里看，心跳得厉害。意外的是映入眼帘的是我妈妈，她正坐在吧台边的高脚凳上喝着一杯酒。

各种念头在脑海里飞快地转动。她是在找我吗?她是不是知道了我的计划?

随即一切就明了了。

她从高脚凳上滑下来,走向酒吧的另一头。她披散着头发,特意喷了发胶。她还涂了我那支红宝石色的口红。只见米克伸出手臂,她也张开双臂,接着他们就搂在了一起。他把头埋在她的发丝里。米克叔叔。外遇。我的父亲从海滩上捡起一件衣服。妈妈抵达海滩的时候没穿外套。所以,妈妈那天的确在海滩上。在我们打电话给她之前,在艾迪失踪之前,她就已经在那里。迪伦知道,而且我的父亲也知道。

我跑下台阶,穿过鹅卵石滩,一口气跑到码头。

我解开了"半途",把它黏糊糊的拴绳绕在自己的手臂上。

它的马达第一次被发动起来。

我移动油门杆,船猛地向右急转,一下子把我晃倒在船上。我费力地爬起来,努力稳住船舵,再让船慢慢地驶出了港口。一出港口,我就关掉了船上的灯,全速前进。因为我的目的地就在前方等待着我。我不敢再回头看。

快到达普安特的边界时我把速度放慢,以便找到入水点。一打开船前面的大灯,我立刻发现了浮标,它闪着荧光,被包围在一堆泡沫之中。我坐了一会儿,环顾着周围的景色,沉浸其中。斑驳的云朵高高飘浮在靛蓝色的天空中,海鸥在灯塔的塔尖周围盘旋,发出求爱的嘶鸣声。远处有一艘汽油船正缓慢地向北海驶去,渐渐消失在黑暗中。

我花了很长时间才把潜水服拽上去,橡胶似乎比平时更涩,手也更笨,把堆在大腿下面的布料拉上来费了一番功夫。配重带感觉比应有的重量轻。我数了一下,有三个配重物,我记不清是不是应该有四个,脑袋晕晕的,但我确定的是我一共需要七公斤重量。于是我另外加了重量,然后把配重带绑到腰上。

潜水夹克上的拉链拉到一半就拉不动了,怪我拉得太猛,它卡住了。一切都感觉不对,有点怪,不顺利。我把艾迪的T恤塞进夹克口袋里,把手电筒缠在自己的手腕上,然后打开它。它闪了两下,随后灯光稳定下来。光线穿过水面,照进海的深处,底下的水看上去很绿。而且水底看上去很静谧。最后,我抓起木头十字架和贾斯帕青蛙,把它们都挂在配重带上。接着,我把自己投入了海的怀抱,慢慢下沉。

一入水体温会立刻下降。我踢着腿向浮标游去,发现自己为了到达起点已经花掉不少力气。我深呼吸了三下,到第四下的时候,我尽力吸气吸到身体不能容纳为止。我开始下潜。

手电筒的光照亮了平时不太会看见的微小生物。我没听丹尼的建议,采用了头先入水的方式顺着绳索下潜,因为这是最快的下潜方式。水在我身边快速倒退,发出嗖嗖的声音。水流一直在试图把我卷走,但我奋力向下,感觉越来越深,水流都向身后涌去。

我停下休息,想顺便看一下时间,这时我才发现自己忘了带潜水表,懊悔极了。不过没关系。我只有一个任务,那就是潜到海底。

水面上似乎有东西轰隆隆地开过,绳索抖了起来,一定是船经过时激起的水波。我的夹克里灌了水,鼓了起来。冰冷的海水被衣服兜在我的身体中部,让我感觉非常冷。我一边继续下潜,一边伸手去摸夹克口袋里的T恤。手电筒很碍事,我只好把缠手电筒的带子从手腕上扯掉,把手电筒塞进了配重带里,这样我就能拿到T恤了。红色在水底看起来很黯淡。

我的胸口已经鼓得无法喘息。该死!我现在需要氧气,刚刚不小心呼出两口气真是失误。我也许不得不先浮上水面吸气,然后再重新下潜。没有向艾迪告过别，我是不会离开黑岛的。我积攒了些力量，用蛙式踢腿式往水面上游去……

在我向下踢水的时候，突然耳边传来很响的嘶嘶冒泡的动静，啵啦一声气泡炸裂，我又回到了那天。

"海豚去哪儿了？小捣蛋呢？太阳舞呢？"艾迪问道，他依旧坐在水中，波浪在他身旁环绕。

"快过来。我们得把你弄干。"

"不。我要迪伦。"

"迪伦在那边。他可能跟那些海豚在一起，你看他现在没有扑腾水，没有弄出声音。起来吧。"

艾迪没有动。我俯下身拉住他的手。

"我要看海豚！"他对我大叫。

"好好好，你去吧。你去找迪伦吧。海豚就在那边。去啊，游过去，游到海豚那里去。"

"我不想一个人去。"

"你应该开始一个人行动了。我不可能永远跟在你屁股后面看着你。"

我甩开了艾迪的手，转身去找爸爸。还是找不到他。艾迪吃力地站起身来，然后扑进水里开始游泳。

"艾迪，不要！"我喊道，冲进水里追他，抓住了他的一只胳膊。

"艾迪！快回来！"

不知道什么绊倒了我。我头朝下栽进了水里，就在那一刻，一个浪头打过来把我们扑倒在水里。等我挣扎着重新站起来时，艾迪不见了。

"艾迪！"我喘着气呼唤他。我感觉手里的东西没什么重量，顺着胳膊看下去，发现自己并没有抓住艾迪的手，只有一条肥厚的黏黏的海带缠在我的手腕上。

终于，我找回了最后一片缺失的记忆。原来全部都是我的错。爸妈或者迪伦去了哪里一点都不重要。泰能不能把艾迪的尸体拉上岸也不重要。全都不重要，因为我才是那个把他推进海里的人。

一切似乎堕入永夜般的黑暗。

第五部

西莉亚：什么鱼死后会去天堂？

艾迪：天使鱼！不过我不信有天使。

西莉亚：天使鱼不是天使。但它们比天使更美，比天上的一切都更明亮。

艾迪：比最亮的星星还亮吗？

西莉亚：比所有最亮的星星加起来还要亮。你只要跟着天使鱼就永远不迷路。

1

雨滴像锋利的碎片从空中飞落，打得我脸颊生疼。我支撑着坐起来，看见丹尼已经把"半途"拴在了另一艘渔船的船帮上，我们正被缓缓地拖回港口。雾气笼罩着仙隆里普安特周围嶙峋的巨石，紫罗兰色的夜空下，海水正在涨潮，浪头猛扑上沙滩又匍匐着退回来，反反复复。

"你跟踪我。"我的声音含混无力。

"你偷了一艘船。"

感觉身子好沉。我伸手想去解开配重带，却发现腰上什么都没有。艾迪的十字架也不见了。我的潜水服已经被褪到腰下，上身套着下水之前的帽衫。

"丝带呢？"我喊道，"弄哪儿去了？把船停下，我得去把它找回来。"

我踉跄着去够船帮外的电机发动绳，肩膀却被一双手牢牢钳住。

"乔伊！"

他把我一把拽回去，夹在两腿中间，还用手臂紧紧箍住我，让我动弹不得。我使劲挣脱出来，一把揪住他的衣领。

　　"一切都被你们毁了。"

　　"你差点就没命了。"

　　我拼命地捶打他的手臂直到完全失去力气。

　　我转过身去，把脑袋靠在船舵上茫然地望着水面。船尾部的雪白泡沫越看越像一条丝带。

2

一到港口,米克和雷克斯已经等在米克的车旁。

"她应该去医院,"乔伊说,"她扛不住的。"

"我没事。"我从雷克斯手上拿了一块毛巾裹在肩膀上。

"她没什么大碍,"丹尼说,"我开车送她回家。"

僵了一会儿,谁都不动。我自己坐进了车里,我太累了。米克一坐进副驾驶座,我就凑上前贴着他耳语道:"我看见你和我妈在一起。"

他似乎很吃惊,说话也结巴起来:"她……我……我们只是聊了会儿天。她以为你在医院,然后就去找你了。她刚走,丹尼就发现船丢了。"

这时丹尼坐进了驾驶座,我立刻靠回后座。

我真不应该在这里。

车停在我家门前时,门砰地弹开了,爸爸从屋里冲过来,一把把我从车里揪了出来。

"你去哪儿了?"

他很抓狂。他发狠般地摇晃着我,上下打量着我湿漉漉的头发和精疲力竭的鬼样子。

我还没来得及开口,米克已经打开车门走下来,他命令爸爸放开我。

爸爸的怒火一下子被点着了。

"是你!"他对米克愤怒地咆哮。他走到米克面前,杀气腾腾。"你把我们家害成这样,怎么还敢来这里?"

米克后退了几步,伸手挡在身前,就像在抵挡一只狂吠的疯狗。

"相信我,这里是我最不想来的地方。你女儿刚刚差点淹死,我只是想确认这里有人能照顾她。"

"你的意思是你希望我老婆会在这里。你这个变态!"

"爸爸,不要……"

爸爸没理我,继续对着米克大喊大叫。

丹尼没有下车,他双手紧握方向盘,好像随时都会开走。

"拜托,科林!这跟西莉亚无关,那件事已经过去很久了。现在的问题是艾希,你要为她考虑。"

"我不需要你来告诉我。我们家的事你懂什么。"

"是吗?那我真的不太懂为什么艾希大部分时间都待在黑鳍,会不会是因为她无法忍受待在这个家里?"

"我们进去吧,爸爸!"我说,想在米克泄露更多的秘密之前把他拖进屋里。

"你先进去,"他答道,"我马上来。"

我没动。

"你偷走我的老婆还不够,现在你要连我女儿也偷走?"

"你真是个差劲的父亲,可悲的男人!天知道为什么西莉亚会选你。"

"不准你这么说他！"我对米克尖叫,"难道你不明白我们家变成一团糟都是因为你吗？如果那天在普安特你没和我妈妈在一起,艾迪可能还在这里。如果不是丹尼扔了他的自行车,一切可能都不一样,泰不会离开,我也能查清楚艾迪到底出了什么事。这都是你的错！还有他的错！"

我指着丹尼,他从车窗里看着我,隔着玻璃看不清他脸上的神色。他摇了摇头,像在警告我不要再说下去,但是已经太迟了。米克砰砰地拍着车门叫他下车。

"丹尼,怎么回事？那天你的自行车不是被偷了吗？我以为是泰偷的。"

人们说的谎实在太多。

"说清楚吧,丹尼,"我说,"你现在不说也不行了,因为我要去报警。"

"我不想再谈那些事。"丹尼说。

"你一个字都还没说就已经不想再谈了？"

"我每天都在对自己喋喋不休,那些事每天都在我脑海里挥之不去。难道你不明白吗？我也希望那天我没跟踪我爸去普安特！我也希望自己没弄坏自行车！"

"丹尼,你什么意思？"米克说,"泰的爸爸在他的车库里发现了你的车。你什么时候跟踪我的？"

丹尼气得浑身发抖,然后他爆发了。

"我的自行车不是泰偷的。"丹尼说,"我跟踪你去了普安特,看见你和那个女人在一起,所以我把车砸烂了。我逼泰背黑锅,他要是不承认车是他偷的,我就把他干的好事都说出去。"

"谁是泰？"我爸爸问,"这跟我们有什么关系？"

"泰干了什么？"米克问道。他脸色苍白，下巴发颤。

丹尼被他们问得气急败坏。"什么都没干，"他说，"他只是在帮我。"

"都是因为你，泰才被赶走的！"我喊道。米克拉住我，不让我扑到丹尼身上。"我就知道他在袒护你。如果不是你，还有你的谎话，我们本来可以弄清楚。你这个人渣，我希望你烂到地狱里去！"

爸爸实在忍不住了，吼道："谁能告诉我到底怎么回事？"

爸爸一动不动地听丹尼说完整件事，手一直捂着嘴。当丹尼说到迪伦一个人跑掉的时候，爸爸的身子像筛糠似的抖起来。

"为什么你没有告诉别人到底发生了什么？"米克问道。

"因为我是个傻孩子。"他说，"我不想让你知道我跟踪了你，我怕你会不让我跟你一起来这里。因为我砸烂了新车子，当我知道车子很贵我很愧疚。因为我不愿相信那一切。那个小男孩。你和那个女人。"

那个女人，是指我的妈妈。一阵冷风吹过，我很想回屋里把身子擦干。我想躺下休息。这时远处传来警笛的声音。大家都听见了。

"艾希，不要报警。他们还只是孩子。"米克说。

我不会报警的。不怪泰和丹尼，我才是害死艾迪的人。我摇晃了一下，倒在了爸爸身上。我晕了过去。

3

　　再醒来的时候外面一片漆黑。房间的角落里亮着一盏灯，电视上的时间显示是晚上十一点钟。我不知道今天是几号，我下海去找艾迪之后已经过了多久。我现在躺在沙发上，身上盖着自己的羽绒被，头下面很别扭地垫了四个沙发靠垫。我的嘴唇发干，喉咙好像着火了一样，连呼吸都疼。我感觉不到自己的腿。我伸手去摸，无比冰凉。

　　"有人在家吗？"我哑着嗓子喊了一声。

　　我父亲出现在起居室里，穿着他的棕色套头羊毛衫。他身上一股烟味。

　　"嘿，孩子，"他轻声说，温柔得让我想哭，"你感觉怎么样？"

　　他走过来蹲靠在我头旁边的沙发扶手上。他没有碰我，但这是我们俩很久很久以来靠得最近的一次。

　　"好冷，"我说，"你告诉妈妈了吗？"

　　"她知道我在这里陪着你。我还没有告诉她发生了什么事。她很担心。"

我准备接受他的训斥，可他还是轻轻地说着。

"你哥哥病得很重。"

"我知道。"我把头转向了沙发靠背，沙发罩闻起来有股霉味。

"想吃点晚饭吗？我做了意大利面。"

想到嘴里有食物的感觉让我反胃，我像个老头一样猛烈地咳嗽起来。

父亲伸手摸了摸我的额头。

"你在发烧。"他说。

"我感觉好冷。"

"我再给你拿一条毯子过来，"他说，但没有动，"那个男孩来过。他想看看你还好吗。"

我的心扑通乱跳。是泰。那个骗了我的男孩。那个把我弟弟留在水里的男孩。我恨他，可我依旧对他有感觉。

"你怎么说的？"

"我感谢他昨晚救了你的命。"

原来他说的是丹尼。他破坏了我的所有计划。他还把艾迪的T恤放在一个潮湿发霉的洞里藏了五年。

"我不想被救。"我平静地说。

父亲突然厉声说："够了，艾希。那个男人突然带着他的儿子出现在我们家门口，告诉我他们刚救了快要淹死的你，你想过我的感受吗？你大半夜去潜水，到底想干什么？"

"我想找到艾迪。"

"该死，艾希。"

"我只是想看看他去的地方！"

"他不在那里！他哪都不在。"父亲靠着窗台，把额头抵在玻璃上，

"他已经不在世上了。"

"如果他不在,那我也不在了。"

"不。你在这里。"

"真的吗？我不觉得有人注意到我还在这里。"

爸爸走出了房间。我不知道刚刚我说自己不想被救是不是真的。我的计划本来是逃离这里,让他们永远都找不到我。可能是我潜得太深了,脑袋已经被搞乱了。

我再醒过来的时候已经躺在自己床上。我伸手去摸贾斯帕,突然记起它早就不见了。电话响了,我听见父亲低沉的声音。如果我还有一点力气,我一定会从床上撑起来去门厅偷听。每咽一口口水,我的喉咙都火烧火燎地疼。父亲敲了敲我的门,等在门外。我没有动。过了一会儿,他从门缝往屋里张望。

"我能进来吗？"

他洗过澡了,换了衣服。

他进来把一杯茶放在我的床边,搓了搓自己的脸。他告诉我,我已经昏睡了三天,一个医生来看过我,给我开了治疗肺炎的抗生素。

"刚刚是妈妈打的电话吗？迪伦还好吗？"

父亲看上去很受煎熬。

"他们把他隔离了。"

"还要逼他吃东西吗？"

父亲又开始搓自己的脸。"我不知道他们正对他做什么。他们已经把他关起来了。他们把我儿子关了起来。"

我呆了,无法接受这一切。迪伦,精神病,被隔离。这都是因为那天发生的事。

"我们能去看他么?"

"能。来吧,穿上衣服。"他打开我的衣柜。

"这个行吗?"他拎出一件海军蓝套头衫。我接过来套上。以前很紧的衣服,现在穿在身上很宽松。我一定病得不轻。

"你现在还希望死的是我,而不是艾迪吗?"

父亲好像一下僵住了,他非常慢地走近我。

"你说什么?我当然没有。你怎么会那么想?"

他用双手托起我的头,直视着我。

"我亲耳听到你说的。艾迪失踪的第二天,在卧室里,你说:'为什么一定要是他?'"

父亲看上去很茫然,然后把头埋进我头发里哭了。"不,我的宝贝。我不是在说艾迪。"

"还会有谁?"

我突然发现自己已经知道答案。

"米克?你看见他们在一起了,是不是?那天在普安特?"

父亲瞪大了眼睛。

"我全都弄明白了,"我说,"你看见她和别人在一起,你去追她,但她开车走了。然后你在找艾迪的时候,在沙滩上发现了她的外套。"

他点了点头,表情凝重。"在遇到我之前,你妈妈的男朋友是米克。她为了我把他甩了,后来也许某一天她意识到自己错了。你和艾迪差不多九岁或十岁的时候,他们又开始藕断丝连,那时她几乎要离开我,求她留下来。她答应我以后再也不会见他。我猜她还是做不到,我一直在惩罚她。我真该早点放手让她走。"

"对不起,爸爸。"我说。

"不要说对不起。我丢下了你们这些孩子,我必须承受这一切。"他的脸塌下来,像要融化了一样。我想托住它,不让它掉下来。我们一直都在自责。

他从来都没有讨厌我。他只是厌恶他自己。

4

在迪伦的要求下,我被允许先进去探视,并跟他单独待几分钟。他正靠在床上玩填字游戏,身上没插各种管子,没在输香草营养液。他还是瘦得吓人。

他看见我进来了,马上坐直身体张开手臂迎接我。

"我听说你去游泳了。"他说,把我抱得紧紧的。感觉我们的心也紧紧地连在了一起,自从"游泳"回来以后,我第一次觉得活着真好。几天前我还在生他的气,现在一切都已经烟消云散。如今再看见他,我才明白那些秘密把他摧残得不轻。

"其实我去潜水了。"我告诉他。

"老天,艾希。我没想到你会干那么危险的事。"

他挪了挪,好让我坐在他身边。

"你现在能吃东西了吗,迪尔?不用插管子了?"

"能吃一点。都是半份。他们说如果我不吃就会一直隔离我,我不想一直被关起来。"

他的蓝眼睛衬在瘦削的脸颊上,显得格外大。我忍不住一直盯着它们,似乎那里还有我要寻找的答案。

"你怎么样了?"他问道。

"有一点发炎。我之前失去了知觉,呛了点水,不过我还好。"

迪伦突然凑近压低声音。

"听着,爸妈进来做家庭心理治疗之前我们只有几分钟的时间。你找到那件T恤了吗?"

我点头。我还没有力气解释过去几天发生的所有事。

"我找到了。是丹尼把它藏起来了。天哪,你都不知道丹尼是谁,对吗?"

他摇了摇头。

"他是泰的表哥。那天晚上他也在普安特。他看见了一切。泰已经告诉我都发生了什么。现在所有人都知道了,那不是你的错。"

迪伦开始哭起来。我感觉自己好像灵魂出窍,漂到了半空,不过我让自己镇定下来。

"你为什么不跑去求救?你为什么不告诉别人到底发生了什么?"我轻声问。我还是想不通为什么这三个人可以沉默这么久。

迪伦抹去了眼里的泪水。

"很长一段时间,我都怀疑那些事是我的幻觉,或者是我做了一个梦。后来我开始做很逼真的噩梦,等我终于意识到那是真实发生过的事,已经太迟了。我终于接受他已经不在了,我不想让爸妈知道我找到了他但没有把他拉上来。我太羞愧了。我怕那会毁了咱们家。而且艾迪的T恤上有我的血。"

"什么?为什么?"

"我在找艾迪的时候不小心把头撞在了石头上。好像泰当时把艾迪的T恤压在我头上,想帮我止血。记忆有些模糊,我可能当时有点脑震荡。"

我想象泰在试图帮助迪伦的景象，那跟任由艾迪漂回海里的泰不像是同一个人。

我再次告诉迪伦，这一切都不是他的错。

"你为什么还允许我跟泰好？"我说，"你早就知道。"

"你要跟泰在一起，我也没办法。就算我差点打断了他的鼻子，你还是要回到他身边。"

我点头，无法反驳。

"没事儿，"迪伦说，他拉着我的手，"一切已经真相大白，让我们一起面对。"

我还没有告诉他如果不是因为我，艾迪就不会死。

"我把艾迪的T恤还给了他。"我轻轻说道。

这时走廊上传来一阵脚步声。

"一切都会好的，迪尔。你能不能答应我一件事？"

"什么？"

"你一定要吃东西。"

迪伦把一只枯瘦的手放在自己瘪瘪的肚子上，他长出一口气。"我尽力。那么你也要答应我，你一定要呼吸。"

"我尽力。"我说。

5

家庭心理治疗并不要求全部家庭成员都参加。甚至不需要迪伦参加。他每周和不同的人一起治疗。我和我的父母一起治疗,有时候有迪伦,有时候没有。

我们在那里会把怨恨和秘密都说出来,有时还会谈论事情真相。有时候我的咽炎发作了,我就什么都不说,还有一些时候,我会尖叫或者直接跑掉。

最终,每个人都说出了自己的故事版本。

那天所有人都看见妈妈和米克在一起。爸爸、迪伦、我,还有丹尼。

妈妈一遍一遍地重申,那天她是要去普安特跟米克做个了断。

于是,我只好提醒她,直到我去找艾迪尸体的那天,还看见她在黑鳍和米克在一起。

"那时候我很孤独,"她说,"我很害怕失去你们。我只是希望找个人陪陪我。"

"你们发生什么了?"爸爸问道。

"他们接吻了。"我说。

"只有一次,"妈妈说,"那是告别的吻。他人很好。艾希,他告诉我会帮我照顾你,他会保证你的安全。我保证我们什么都没有发生。我们只是在艾迪去世之前有过几次,后来就再没有了。我发誓。"

我猜她不知道爸爸告诉过我她差点离开他的事。但不知道为什么,我相信她说的,她那天是想做个了断。我不知道那对现在的她和爸爸来说意味着什么。也许他们之间还有希望。

最痛苦的人是迪伦。

"我需要保守你们所有人的秘密!"他有一天尖叫起来。

"妈妈的外遇,爸爸的离开,泰在海滩的事,艾希潜水的事。"

"那么这让你有什么感觉,迪伦?"心理医生温和地问道。

"愤怒。"

"对每个人?"

"不,"迪伦抽了抽鼻子,"我不生爸爸的气。"

爸爸垂下头,妈妈又要了一张纸巾。

"你为什么不生爸爸的气?"

"因为那不是他的错。"

"不,迪尔,"爸爸打断了他们,"我也错了。我有责任保护你们大家。"

我们都沉默了一会儿。心理医生看着自己的脚,偶尔会看看我。我想他可能希望我能说些什么。

"我想我知道为什么你不生爸爸的气。"

"是吗,艾希?"心理医生提示我继续。

我转向迪伦。他看起来有点害怕。

"我想那是因为爸爸正好做了你想做的事,跑去跟妈妈当面对质。"

"不!不是那样,"迪伦喊道,"那不是原因。事实上是我为他感到难过。妈妈是有外遇的那个人,是她背叛了我们。"

心理医生的纸巾都被用完了。

迪伦后来在没人的时候告诉我,我是对的。他还说没能把艾迪救上来是因为他没有早点往回游,因为他没听见我呼救。

疗程还在继续。

6

　　靠着一连串的奇迹，我侥幸通过了所有考试。我得了一堆C，但生物和科技都得了A。我没对迪伦说我的生物得了A，那对他的打击可能不亚于他没有得任何奖项。迪伦被允许在医院参加重考，前提是他得遵守护理计划。当我八月底回到学校的时候，一切如常。只不过这一学年我们都要加倍努力，这一学年甚至比上学年还重要。今年，我们必须更专注；我们得逼自己拼命向前，努力变成年轻男人和女人，而不再是男孩女孩。我可能会累病。学校通知我今年必须再多选一门课程。我选了摄影课，希望第一个项目会是关于光线变换的。

　　弗兰克看到我很开心。我们一起吃午餐，他告诉我整个暑假他抓了多少只螃蟹。他不明白为什么这都能把我逗乐。我告诉他我整个暑假都在医院陪迪伦，所以没能去找他玩。

　　"我去过你们家找你，但你爸爸说你不能见客。"

　　"我知道。抱歉。谢谢你去看我。"

　　"你真的想自杀吗？大家都那么说，不过我告诉他们那是不可能的。"

我抱了抱他。他身上的味道好像都没那么难闻了。

"我没有,"我说,"我只是干了件蠢事。"

我也是这么告诉自己的。当我沉到海底的那一刹那,我觉得没有什么值得我再浮上水面。那种念头真的太蠢了。

身边的其他人都很沉默。也有很多人问候迪伦,问他们是否能帮上点忙。老师们也会问。有人给我一本宣传册,讲的是如何面对悲伤。我丢进了垃圾桶,不过后来又捡了回来。

在这本册子里夹着一张纸,是海豚和海豹中心的动物领养广告。我把它装进口袋,心里有了一个想法。

艾尔莎和她的随从们依然总是盯着我,还会传一些关于迪伦的流言蜚语,不过她们不敢再用圆规扎我了。我每次上体育课前换衣服时都会确保艾尔莎不在附近。我不会让她再有机会伤害我。

终于结束漫长的第一周校园生活,周五我走出校门的时候,看见了一张熟悉而不安的脸。他有点紧张。"我们能谈谈吗?"丹尼问道。

我跟他没有什么可说的。"不能。"

"求你了。给我一分钟,听我解释。"

"你骗了我。你把我当傻子耍,你还恐吓泰。"

当我说出泰的名字,心突然揪了一下。我的脸红了,泪水就要夺眶而出。我赶紧转过身,不想让他看见。一转身,包碰到了他的手臂。

"是的,我撒谎了。"他猛地拉住我的书包背带,我向后一个趔趄撞到他身上,胳膊肘顶到了他的臀部,"我很抱歉。"

"你放过我,让我继续过我的生活,好吗?"我拼命眨眼好把一滴就要夺眶而出的眼泪收住,可是另一滴眼泪马上就涌了出来,顺着脸颊滚下来。

"那我也能回去过我的生活了,是这样吗?"他哑着喉咙问,松开了我的包。

"我不知道,"我说,"我不知道你的生活什么样。"

我想尽可能地离他远一点。我本可以跑开,但我没有。我做不到。他用手紧紧地捂住自己的脸,等他松开手的时候,脸和脖子上都留下了红印子。

"我的生活,"他看着我的脚说,"就是每天早晨醒来,希望自己那天跳到海里把你弟弟找回来了,这样你就能跟他告别。"

我的呼吸停顿了一秒,我以为他会说他希望他能够阻止他爸爸和我妈妈的外遇,或者不让艾迪淹死。但后来我又回想了一下他的话,我发现那些事都是不可挽回的。一切都太迟了。丹尼抬起头,已经满脸泪痕。我在他眼中看见的不是同情,而是悔恨、内疚、恐惧、悲伤。也许是时候睁开眼看看真相了。

"我也很抱歉。"我轻声说。

丹尼站得很直,他太高了,我得使劲仰着头才能看清他的脸。

"我应该更努力一点拆散你和泰。我知道你会受到伤害,可我还让那一切发生。"

我们已经分开了,这让我比任何时候都更受伤,不过说这些毫无意义。"他是不是回多尼和他妈妈一起生活了?"我问道。

"嗯。他也过得不太好。"

我想问他说的话到底是什么意思,但话卡在嗓子里问不出口。于是我问他米克怎么样了。

"潜水季我爸爸去了圣卢西亚,他在那里办了一个培训班。"

"他还会回来吗?"我问道。

"他最好回来。我不可能一直运营潜水学校。只不过他现在暂时离开会好受点。"

我点头。我想我妈妈一定希望能跟他说说话。我也很想念他。

"我们下周准备去洛西茅斯的沉船地点看看,"丹尼说,"你想一起去吗?"

自从那次潜水以后我还没下过水。

"我不知道我能不能去,"我结结巴巴地说,"我潜不了那么深。"

"你不需要潜那么深。当然,船底部在海底四十三米深的地方,但那条船很大。我觉得,看这些东西最好还是从稍微远一点的地方,你看情况吧。"

也许他是对的。也许因为那样最简单。

"你救了我的命,我还没谢谢你。"

丹尼皱着眉头。"其实不是我。"

"那难道是乔伊吗?不管怎么说,反正就是你们俩中的一个。"

"你基本上是自救的。我们只是把你拉出水面,送你回家而已。你自己把负重物都拆下来丢掉了,你做得很好,不过那些东西很贵。你欠我的。"

丹尼咧开嘴笑了,我还在努力回忆是什么时候丢掉负重物的。我记得那时候,一个我在挣扎着求生,另一个我则已经放弃了——已经在告别——但我完全不记得丢掉负重物的事。

也许还有另外一个我,第三个我。

"那么,考虑一下洛西茅斯的事。那里的海底简直就是仙境。"

"我会的。"我说,突然很想回到水里,再去体会那种被无垠的大海包围的感觉。

我想着那艘遭遇厄运的船上的旅人——他们那时要去哪里?他们长什么样子?船沉没的时候他们是什么感觉?他们现在又在哪里?

7

最糟糕的一次家庭心理治疗就是我告诉所有人是我让艾迪去游泳的那次。那次疗程结束以后,我被一个人留在房里。妈妈比其他人要待得久一点,但最后她还是去找迪伦了。我不知道我们的关系是不是永久地破裂了。

我在自己单独的心理治疗中谈了我的感觉。我最近已经说得太多,感觉自己的嗓子都要坏了。我的私人心理医生叫琼斯,看上去很像我的科技课老师琼斯先生,他告诉我这样的事需要时间来慢慢消化。他还是唯一一个告诉我如果我没放手,湍急的海水会把我们两个都卷走的人。

"过去你一直跟父亲关系不好是因为你感觉他总让你失望。"
"对。"
"也许现在你知道更多真相后,你觉得父亲确实让你失望。"
我点头。但是我还没有那么肯定我完全同意。我喜欢琼斯医生。他会说一点点,然后让我自己理清思路。

"你是不是觉得我们永远都不会变成正常的家庭了?"我问。

"你理解的正常是什么样的?"他答道。

我没有回答,因为我没有答案。对我们来说,正常是各自保守秘密,对艾迪抱有永远的歉意。我想这是第一次我们会真正地考虑家里其他人的感受。

8

新年那天,我从柜子的顶层把我做的帆船拿了下来。上面落了一层蓬松的灰尘。我用掸子小心地把甲板上的灰掸掉。模型已经褪色,连接处有点松脱。爸爸找来了胶水帮我把部件都粘牢。

"我想差不多了,爸爸。"

"差不多了。"他稍微扭了一下模型来确认已经粘牢固。有他在家的感觉很好,虽然他只是偶尔回来看看我们。

迪伦在船的侧面用蓝色墨水写上了旋涡状的字母——艾迪。他在最后一个字母"e"上画了好几个圈,又给它们加了一个海豚形的外框。看上去很棒。

我们四个在船旁边站成一圈。如果有人从厨房窗户往里看,没准会认为我们正在举行某种奇怪的仪式。从某方面来说也确实是。

"好了,现在是最后一步!"迪伦说,向前踮起脚尖。他等这一刻已经很久了。

迪伦按下遥控器的时候,马达发出嗡嗡嗡的声音,轻松地推送着船在水面上滑行。

他咯咯地笑起来，为我们的成功兴奋不已。

妈妈和迪伦没上爸爸的船。他从丹尼那租了一条船。迪伦说他宁可游泳出海。妈妈是因为太害怕了，她也不准迪伦游泳，所以他们俩留在了海滩上。

"得有人留在海滩上，"她解释道，"万一有什么事，我们可以去找海岸救援队。"

虽然她说的时候是用开玩笑的口吻，但我听得出她内心的恐惧。

我们没有从港口出发，爸爸把船拖到了普安特，我们是从艾迪失踪的那片海滩出发的。

迪伦把遥控器递给我，警告我千万不要掉海里。

然后就只剩我和爸爸，还有大海。爸爸把我们的船一直划到了深潜浮标那里。他每划一下就呼哧呼哧地喘，他老了。我就坐着，心想如果是我可能都不需要呼吸。在我们划到那里的十分钟里，我只换了两口气。我现在可以轻松地屏气超过四分钟。

我们休息了一会儿，坐着看着岸边。我能依稀看见妈妈的蓝色外套。我不明白为什么她还在穿那件衣服。也许她还没完全放手。她和迪伦肩并肩站着。从这里看灯塔变得很小，它顶上的黑色角楼看上去很像一块小小的雨云，浮在仙隆里普安特的上方。我从外套口袋里掏出那块小小的石头，把它放到我的船模上，放在妈妈收集的新鲜松针铺成的小床上。

我吻了一下那艘小船，然后把它放进水里。它晃动了几下，稳稳地浮着。

迪伦说过遥控的范围是两百米左右，我一直按着按钮，直到它消失在视野里。

乌云滚滚，有几颗雨点打在我的外套上。爸爸拿出一包香烟。

"你在干什么？"我问，声音很有气场。

他局促不安地看着我，放了一根烟在嘴里。

"不要告诉你妈。"他说。

他抽完烟以后，让我把船划回去。

我从枕头下面拿出泰的第六封信。我一封信都没有回给他。我努力了，每次拿出一张纸准备写信，最后总是画了满纸的海潮、风浪和暴风雨的涂鸦。我一想起他，全身都会疼。好像那种疼痛已经长在我的体内，我不知道这种痛能不能消除。我拆开了信封。

还有一件事我必须要告诉你……我开始说了。

我把这封信看了一遍又一遍，直到我的眼睛发花，那些字在我眼前晃动起来。我再次把它叠起来的时候，眼泪滴在了上面。我把那封信塞回了枕头下。

擦干了脸以后，我溜达到迪伦的房间里。他合上了他的生物课本。

"新年快乐。"

他漂亮的金发又长长了。

我给他看了我收养的海豚的照片。

"这是小淘气。"我说。那张照片是小淘气正从水里高高跃起，它闪闪发亮的皮肤反射着亮光，背景是北海。"花的是圣诞节的零用钱。"

"非常酷。艾迪肯定会喜欢。"

我用手指摩挲着小淘气的鼻子，好像能听见远处传来艾迪的笑声。我不敢相信这么多年我都没想到去做这件事。

"我明天会和爸爸一起出去，你想跟我们一起吗？"他看起来很期待。

"可以，"我说，"但我们得去城里买卷饼吃。"

"成交。"他说，然后又回去继续看自己的书。他看上去很紧张，我瞥见他用手压着胃。只要他能吃下半份东西，我已经很开心了。

天黑了。一轮新月升起来。

外面唯一的亮光是我们家后院的银色门把手。于是，我突然想到自己还有件事要做。

9

门把手很冰凉。我打开门，迈进了墓地。里面并没有我想象的那么阴森。在黑暗中，我仍能依稀分辨出围绕墓碑周围的花朵。这里非常静谧，让我怀疑自己的耳朵是不是失聪了。我背靠着艾迪的墓碑，头上戴着潜水手电，开始坐下写信。

泰：

在此一并回复你的前五封来信：我正在申请因弗内斯学院的大学预科课程，学习海洋生物学、摄影，可能还有体育健身。

如果我顺利通过中五测试的话，课程会从八月开始。我还在那里的潜水中心报了AIDA的国际自由潜水协会的一星课程，很显然我能直接参加四星课程，但是我没有证书，他们不允许我跳级报名。我很快就能让他们看到我的能力！虽然我的父母不是很乐意让我去，但也拿我没办法。我爸还说他想去巴哈马看我参加国际锦标赛！我希望有一天能梦想成真。我很高兴你终于预约上了教练考试。祝你好运，有了好消息别忘了告诉我。

现在是回复你的第六封信：谢谢你。谢谢你终于对我坦白一切。其实，我想我早就知道，只是不愿承认。我躲在自己的安全地带，不去看眼前的事实，但我的潜意识却一直驱使我去寻找真相。这意外使我成了侦探，或者类似的什么。哈！

我无时无刻不在想你。我思念你，但我很庆幸你不在这里。我恨你，却希望你用胳膊搂着我。想起我们在水底的时光我会微笑，可是想起你和艾迪我就忍不住哭泣。我是最近才开始哭得出来——在此之前我只是满心怒气，我猜这算是个进步。每天醒来，我都会被艾迪失踪前那会儿的恐惧折磨。你至少是勇敢的，你还试着从水里救出艾迪，还想帮迪伦。我想说的是，尽管每次想起你和我，可怕的事实和某种疼痛就会重重地碾压着我的胸口，但是我原谅你。

我春天的时候要去多益取湖的西海岸潜水大会！你会去吗？我现在还没有告诉我妈，但我应该还是会告诉她的。她现在还好。我觉得我爸短期内不会回家，不过我们之间的关系已经缓和了许多。迪伦也过得还行。他现在周末可以外出，应该下个月就能彻底出院回家了。他有时候还是会藏起食物，或者在没人看见的地方抠吐，但我想他在努力。至于我呢？我还是艾希。

艾希·曼恩（黑岛潜得最深的女孩）

我身上没有口袋，所以我把信塞进了自己的胸罩里，然后伸展身体平躺在地上，艾迪的墓碑就在我身后。我瞥了一眼我家的房子，看到迪伦卧室的窗户上有一个人影。妈妈向我挥了挥手，我也向她挥手。

虽然已经降霜了，我却觉得很温暖。我呼出肺里和身体里所有的空气,仰面看着天上的天使鱼。

亲爱的艾尔:

我没指望你会给我回信。虽然我很希望你会。

再次对你说声对不起,我没有告诉你真相,更对不起的是让你以那种方式发现了。还有一件事我必须要告诉你……我开始说了。

丹尼没有告诉过我你是谁,我也不是在派对那天发现的。我刚遇见你的时候就觉得你很酷。你是我喜欢的那种女孩,躲在船屋(我的!)里吃糖果、抽烟,你看上去有点眼熟。那种感觉让我有点不安。我告诉自己是我瞎想,可是后来你从港口的墙上跳下去,然后我去拖你的时候,那种感觉惊醒了我。我知道你是那个男孩的双胞胎姐姐了。那就像是我重新经历了那个恐怖的时刻,那个折磨了我五年的时刻。就像是一种惩罚,我必须承受的惩罚。和你在一起的时候,我鄙视我自己,但离开你我做不到。我看到了你的孤独,可你在水中却那么鲜活。我已经让你失望过一次,可是我却自私地想要纠正之前的错。没人想和我在一起,我爸不想,丹尼不想。米克只是忙着教我潜水。但是,你在那里,而且你好像并不在乎我在社交上表现得很怪异或是我可能做过很多不光彩的事。当我回黑岛后在酒吧撞见你时,我意识到一些事情。我不是在拯救你,也不是在弥补自己的错误,事实恰恰相反。我需要你把我从孤独中解救出来。我应该早告诉你这一切。我一直都想告诉你,但是我知道那样我们之间就会彻底结束,我还没有准备好放手。

我没有奢望你会原谅我,但你应该知道我爱你,而且我从未想要带给你这么多的痛苦。请原谅迪伦吧。他需要你。

                泰

  P.S. 允许我再给你讲一点泰河的趣闻。你也许早就知道，泰河是苏格兰最长的一条河。它向东流去。你以前知道吗？

自由潜水的重要注意事项

自由潜水要求潜水者必须经过多年的训练和有教练指导的练习。本书中的人物角色都是业余潜水者,他们的有些做法是非常规的。自由潜水绝对不能独自进行,必须通过 AIDA 等专业机构取得相应的潜水证书。